ZUI

Zestful Unique Ideal

最世文化

Shanghai ZUI co.,Ltd

约等于无忧

I'm fine
I'm just not happy

落落。。 著

海天出版社
·深圳·

图书在版编目(CIP)数据

约等于无忧 / 落落著. — 深圳 : 海天出版社,
2020.8
ISBN 978-7-5507-2820-2

Ⅰ.①约⋯ Ⅱ.①落⋯ Ⅲ.①散文集－中国－当代
Ⅳ.①I267

中国版本图书馆CIP数据核字(2019)第294528号

约等于无忧
YUEDENGYU WUYOU

出 品 人	聂雄前
责任编辑	简　洁
责任技编	梁立新
责任校对	万妮霞

总 策 划	郭敬明
项目总监	痕　痕
特约策划	金　楠
装帧设计	ZUI Factor（zui@zuifactor.com）
封面设计	Fredie.L
内页设计	武粤旎
宣传企划	猫某人

出版发行	海天出版社
地　　址	深圳市彩田南路海天综合大厦(518033)
网　　址	www.htph.com.cn
订购电话	0755-83460239
印　　刷	中华商务联合印刷（广东）有限公司
开　　本	889mm×1194mm 1/32
印　　张	8
字　　数	160千
版　　次	2020年8月第1版
印　　次	2020年8月第1次
定　　价	39.80元

忆往昔

文/落落

　　有一个很基本的要求是不要回头看。只管往前走，不要回头看，完成的皆已完成。

　　往前走，不要回头。不要回头，整个城市才能维持安宁和完整，玉兰的花瓣在风中，霓虹的灯光在曲中，野猫的尾巴在雨后，小孩子们会在盛夏到来的时候忘记在春天打的每一个喷嚏。

约等于 无忧

　　前方充满了希望，有许多待执行的计划，一条条罗列，为了将自己捏出梦中的样子。一年又一年，她早该是梦中渴望的样子。她自信，她清醒，她有充沛的精力，感染与她一起的周围的人。在梦里他们的形象异常清晰，跳下火车，朝山谷奔跑，大笑的嘴型宛如凝固，梦境里锐利刺眼，比横贯的彩虹更不真实。

　　如果之后不用醒来——长梦的九成会被全部忘记，留下的

只有定型的笑容，阳光灿烂下，它至死不渝，宛如悼念用的石碑。

如果想不起，看不见，也就不会有石碑上刻印的悼词了。

开心时，踌躇满志时，得到好消息时，去到新世界时，旅行箱和搬家纸箱抵达的傍晚，从来不会在这些时刻回忆。总是在受挫时，落寞时，孤单时，脑海中冒出"怎么就到了这一步"

约等于 无忧

时，列车就开始猛烈加速了。窗外的风景化成直线，一个刹车
留在空旷的街道上。啊没错，有一晚，一点点酒精和许多许多
热情的幻想，在梧桐的影子里嚷嚷；再继续，灯火通明的楼宇，
擦肩时凭手里的外卖认出彼此是同一类；再继续，更早一些，
当年的笔记本电脑厚成大半本新华字典，敲下第一行字符时，
没有想过将来能维持多少年，没想过未来，却丝毫也不曾担忧。

　　那又是"怎么就到了这一步"呢?

　　所以不要回头看。紧紧地只盯着前方,绝不回头。不回头就可以彻底否认曾经的无忧无虑,曾经的满怀豪情,曾经的所有希望,有时候它们甚至是烤串味儿的、米线味儿的,就着电脑屏幕吃时最香。

　　　　　　　　　　　　　　　　　　　约等于 无忧

　　过往始终没有停止过诱惑，它们一直在等待着自己扭头的刹那。它们早已准备好张开的怀抱，用温柔的声音安慰着"没事没事"。它们想象着拥抱一个哭泣的自己，听她说尽所有的遗憾，所有的失败，所有的不甘愿，听她哭得口齿不清。

　　所以不要回头看。完成的皆已完成。遗憾，失败，不甘愿，皆已完成。成为某天、某月、某年的刻骨铭心。

　　如果以五年为一个单位，那么多多少少，该经历的悲欢离合，生老病死，几乎都可以得到一次体验。有了不会再联系的人物，有了不会再听的歌，有了疯狂沉迷的角色，有了偏爱的去处，有了喜欢的季节，它们五年前是自己深恶痛绝的，但什么都会改变。

　　等公交时忽然地发呆，看车驶进隧道时猛地打个哆嗦，坐

　　　　　　　　　　　　　　　　　约等于 无忧

在椅子上无言地掰手指，躺在床上时看见墙角的飞蛾——"没事没事"。

没事没事，还记得小时候奶奶家的小白猫吗？从菜市场捡小鱼回来给它烧"猫饭"。

没事没事，还记得小时候看童话时吃的无花果丝吗？它是萝卜丝做的欸。

　　没事没事，还记得上体育课时考的 800 米吗？血腥气。

　　没事没事，还记得夏天的第一场大雨吗？在阳台点了蚊香后盘腿坐了两三个小时。

　　没事没事，很好的朋友，很逗趣的笑话，很贵重的生日礼物，很意气风发的自己，回头时仍然能清晰地看见。

　　　　　　　　　　　　　　　　　　　　约等于 无忧

那么再过去五年，五年后的自己，又会怎么回忆此刻呢？还是她仍然一样固执地只留下背影，决绝地表现着分离。她不愿回想此刻吧，软弱，多愁善感，把消极而懒散包装成温和。

她会走成什么样子？五年后的自己会走成什么新的，抑或是熟悉的背影。她有没有过一刻的犹豫和停顿？她的肩膀有没有过一次抽动？

没事没事。

小猫还是在雨后舔自己的毛，玉兰败了此刻也重新开好了，雨是雨，霓虹灯是霓虹灯……如果五年后的自己，忙碌又开心，她高高地挽着袖子，说话清晰有力。她哪顾得上其他呀？她哪有空回忆往昔——那样最好不过了，只管把过去全部放在脑后，只要她平安顺利，只要她高高兴兴。

约等于 无忧

Contents

目 录

Chapter 1
花园

Chapter 2

杂物堆积箱

Chapter 3
我喜欢你吗

Chapter 4
I'm fine, I'm just not happy

Chapter 1

花 园

夏恋时

它总能得到足够的篇幅。大概连我也已经不知道多少次写过夏天这件事了，写它的长度、厚度、湿度、热度，写得尽量不太像气象预报，尽量情绪化再多一点。一不小心就"回忆又来了，黏答答的"，我走一条没有树的路，到最后几乎整个人也快蒸发，瞪着眼睛看远处的乌云团，一眨眼它们近了，一眨眼它们又还在老地方。

但好在这次的主题名叫"暑假档"，夏天和暑假之间并不能百分之百地被重叠吧。暑假这件事是带有时效性的，而夏天却会持久。我早过了拥有暑假的年龄，7月和8月必然还在每天上班、每天赶稿，然后隔三差五地摸着滚烫的玻璃窗想把自己如同雪糕那样融化掉。

特别想念的反而是暑假结束前的那一天，即将回到学校去的那个夜晚。就算读书让人想来就头疼，可一旦拥有了两个月的空缺，反而会开始逐渐地积累对学校的期待。那个夜晚，衣服要来回挑几轮，海选、初赛加复赛。文具盒里放什么颜色的水笔也要组合出最对口味的形式。然后是，挑什么图案的便签条带去好呢？手机是不是也随心情换个桌面图案呢？总之突然就成了格外雀跃地，想要结束假期，回到校园里去的"三好学生"——讲真的，我好像是很久没有重温到类似的激动了。

一旦开始打回忆牌，难免流于俗套，谁能记得住自己曾经说过些什么，没说过什么呢？把说过的再拿来咀嚼一遍？如果还没有彻底地垂垂老矣，我还是希望自己尽量避免出现类似的错误。

"如果你是那样厌烦暑期了，而天天盼望着早点回到教室里去。那你一定是有了喜欢的人吧。"

对C来说，那丫头——C不提她到底叫什么，张口闭口"那丫头"——大致上没有那么出挑，班级年级排一下美女的名次，那丫头可能难以出现在头十名，属于那种要靠别人硬塞进去的"欸，其实那丫头也还不错吧，怎么没人提"这种类型。C就是这样把她塞到了第十一名的位置。但他心里得意得很，因为这个位置不能再恰到好处了，不会被太多人惦念，又还是衬了一点点的光圈。

　　C和那丫头隔了大概一条过道，两人的距离永远被固定下来，一点点也缩减不了，说近，却偏偏近出了一条过道的尴尬距离。C也不怎么敢直接去看她，刚吃饱了，或者刚下了体育课，总之得赶着浑身都是热劲儿，才赌了股气似的，把筹码都压在目光上，然后在目光里默默发呆——假如她能感觉到，空气中出现的变量，然后她也朝这里转过脸来，上嘴唇和鼻尖中夹着的一支原子笔就会骨碌碌地滚掉下去。

　　有一次，那丫头还真的把头转了过来，很快地，原子笔也与预期一致地掉了下去。可惜的是背景里盛夏的光线太刺眼，让C根本看不清她冲自己露出的是什么表情，甚至连她到底有没有在看C，也不能确定。

　　一天中午，那丫头吃自己从家里带来的粽子，残留着糯米的粽叶掉在地上让她一个后脚跟踏上去，粽叶就跟着不肯走了。她是真觉得好玩，猫追尾巴似的拖着这条粽叶疯癫癫地绕了几圈，直到被人"叭"的一下踩住了。C嘻嘻地朝她笑了起来，好像脚掌下不是一个游戏而是果断出击的品质表现。也像另一只猫，平日里懒洋洋的，遇到大太阳就躲起来睡觉，有光斑会下意识地去扑。

　　老师在讲台上宣布明天起就是暑假的时候，整个日光已经从那丫头一边移到了C这边，C看着自己的影子努力要往她那边延伸，知道这个假期会过得非常艰难。

他稀里糊涂地把一天天就这样半熬半忍地过了，喝饮料吃西瓜，喝可乐加太多冰块喝得拉肚子，打篮球打游戏，难得外出看个电影，看到一两句台词、一两个画面、一两段描写时，毫无难度地就想到了那丫头。

假期的确如想象中一样艰难。一旦有了目标，有了终点，一旦自己的每天都变成了为达目的的修炼，所有的性质都变了。自己把自己的感情质问得越来越巨大。

终于等到假期结束的前一天，C还赶不及整理好书包，他正忙着抄写最后几页暑期作业。他下意识地跟随印象里那丫头的习惯，把笔夹在嘴唇和鼻尖中间，没一会儿笔骨碌碌掉下去了。C却突然回忆起来，非常清楚地回忆起来，上次那丫头把脸转向自己时，定住的大约几秒里，笔是掉了，但她把五官仍旧维持了先前的姿势。隔了一条过道的距离，近得恰如其分，她之前承着笔的嘴唇还不承认有失物似的，留在原地。

那个动作差不多就像是，差不多就是——C脸一下子红成了这个暑假的句号——在等他吻她。

我认识的C从高中毕业了，从大学毕业了，工作了，甚至有了未婚妻。或者我其实认识很多像C一样的D，E，F，G们。

当我们走进又一个夏天，没有假期的夏天，大概早已忘记了过去被自己反复添加，不断描摹的它，到底长着怎样的脸。

但唯一可以确认的是，它从来不能少了一场不成功的恋爱。只消一个瞬间，就点燃了全部意义，使一个季节不再是单纯的季节，自己有了比 38 摄氏度更高的发烧似的提问，越薄的衣服越能听清楚的心跳，和凝固在回忆里的吻。

跟烟花似的。

一秒的存在已经足够。

答案是

　　我说，我从"柯南"开始写吧，不是那一位创造了福尔摩斯的柯南·道尔，是万年小学生"柯南"。开始写吧，我对"柯南"更加熟悉一点。

　　直到今天，还是会三不五时地把《名侦探柯南》的剧场版一部一部调出来，在吃饭时候看，打扫房间时有一眼没一眼地看，洗澡的时候听着台词，洗头前是柯南和小哀被拖到游戏机前，机器却拍不出他们十年后的样子，等泡进浴缸，迷迷糊糊里听见已经放到了少年侦探团在如月先生家碰了钉子——我现在写这些剧情，都是全然不用查资料，人名之类都结结实实印在脑海里了。以前还跟人半开玩笑说过，对柯南剧场版（尤其是前十部）的熟悉，大概到了只要听每次开头，工藤新一说的"我是高中生侦探工藤新一，某天和青梅竹马的毛利兰去游乐园玩时……"的细微不同，就能分辨出是取自哪一个剧场版……

差不多已经是狂热粉丝的样子了。

就算不会称自己是狂热粉丝，但对《名侦探柯南》的感情，却无疑是持续最久的。

小学时看阿加莎·克里斯蒂，当时果然还是太"年轻"了点，囫囵地看接连不断的精彩高潮，但以当年的理解力终究是没有办法彻底吃透；初中时看的《福尔摩斯探案全集》，也要把责任推诿给时间，总想着再大一点的话，就可以完全吸收这些伟大作品的全部伟大。我不敢说对推理和侦探类题材怀有强烈的痴迷，但心里很清楚的是，我所至爱的那些人物，拥有缜密的逻辑思维和强大的推理能力，几乎无所不知无所不晓，拥有宛如铠甲与战袍般的正义感，正义感却没有让二者显得土气半分，而是雕刻出更修身的线条——没有办法不喜欢这样的人。

当然，在读小学的江户川柯南和"性感"这个词之间，我尚不能第一时间把二者利落地画上等号，它应该更多地代表了一个历程。让人知道电话机和回形针可以成为合情合理的杀人道具，如何在一连串密室杀人案后再来一连串不重复的密室杀人案，世界上有多少可以让自己堕入地狱的悲戚理由，以及几十位主要角色如何拥有他们各自鲜明的个性，甚至在你没有预料的时候突然荣升为你的心头好。

要塑造一部精彩的作品，除了令人叹服的推理破案过程外，还需要有更多的辅助部分，人物在各个细节的补充下鲜活了起来——他是音痴；他拉小提琴；他有一对可爱的引以为傲的胡须；他好容易长到 170 厘米的身高；他最初是位占星师；她有一个"老猫"的绰号。他们结交不同的朋友，有不同的喜好，虽然大多有一个永远站在同样高度的黑暗系的对手，但这最强大的宿命感也带来了最激烈的高潮。他们被挫败，被问倒，被死去的爱人的灵魂所诅咒，有时候宛如失明般地消沉下去，最好的头脑在这时是消失于湖面的宝石，愈多的黑暗带着高昂的得意试图将这场灭绝完成为美丽的杰作。但他们终究一路带着血印重生，那些血印在他们的外衣上结成硬痂，动一动会龟裂一些，于是也更加形象地烘托了"破茧"的形容。当看着他们在最清晰明智的头脑外，添加了所有普通人都会有的弱点，如同伤口——从最初的单纯崇拜里一个走神，就知道它已经变成了爱。

我总是没办法忘掉，十几年前第一次看《名侦探柯南》的历史上第一部剧场版时，我被紧紧地吸引在当时还是"586"的电脑前，这也是我几乎烂熟于心的一个故事了。

——"新一，你喜欢红色还是蓝色？"

"红色吧？"

"我猜也是！"

——"不能同生，那我们也可以同死。"

——"因为，我还是舍不得剪啊，那是我们小拇指上的红线。"

歌声响了起来，画面中在下雪，唱着"Happy Birthday"的歌声往城市的上空慢慢飘荡。十几年前的我那会儿在想什么呢？我就是这么怔怔地，一定没有预料到原来所谓的剧场版是这样啊，会是那么好看的，好看到在它结尾时甚至会怅然若失，仅仅因为喜欢里面的故事，喜欢里面的人物，然后发现他们怎样也不会出现于这个世界。

有这么一群太聪明的人，聪明到无所不能，将你身为凡人的影子踩得牢牢的，但好在他们也有疲倦的时候，那个时候你可以从他们绝对的能力下暂时溜出来一下，却还是不敢出大声，只能蹲在他们的近旁，想不通，是什么样的空气、什么样的食物、什么样的原因造就了那样一颗大脑。

答案是——

有书的地方

博尔赫斯有句非常著名的话，他说天堂应该是图书馆的样子。他还曾写过，像图书馆里的所有人一样，年轻时也曾在此旅行，他旅行是为了寻找一本书，或许是卡片目录中的目录。他描写了人的一生在无止境的图书馆里下坠，在下坠产生的风中消解。能够在书中得以确立，得以延续，得以蓬勃，得以衰败，然后在书的目送下，在书的祈祷声中，缓慢地消失瓦解，这也许是一种只存在于理想主义中的最美丽的人生了。无论是图书馆，是书店，是一个在街角尽头的租书铺，或者在自家被额外堆垒起的一座书山，听那句古老到不知被流传了多久的谚语说，我们真的是在上面一点点攀登，这些也许看似不足为道的足迹，迟早会在不远的将来，送给我们一份额外的景色。

我始终记得，在我童年里就奠定了"人生基石"般的存在——两家租书铺。开在小学对面，环顾一圈无非十来个平方米，陈列的书绝对算不上多，但够一个小学生挑三四个下午，然后把自己的"生命"俨然泡出了点"厚度"。像块掉进了豆浆的油条，翻来覆去都是足够酥软的香味。

现在，人们张口还是很容易说"我的兴趣爱好是看书，是看电影"，也是要等站在书的面前时，才会意识到自己已经被很多理由隔绝了——工作忙，没空闲，压力大，书太多挑不过来，贵……让当初言及的"爱好"已经成为一个思维定式下的美好心愿。

但回想下，好像在过去，真的有一个愿意把大把时间泡在书店里，泡在图书馆里，泡在书吧或者租书铺里的自己，支撑这种行为的原因几乎不需要深挖和剖析，因为喜欢啊。任何一个爱书的人，在踏入书店的时候，还是会不由自主感觉到某种兴奋，和美食家在浏览菜单时，和游戏爱好者刚刚换完大笔游戏币时的心情相仿。是内心悄悄分泌的一种欢愉，因为对每个封面下描写的内容完全未知而满怀期待和推测，单是这份可以随意遐想的激动，就能够滋润出一份积极的亢奋。

小学时常去兼租书的书店，那时差不多要每过一天就去看下有没有新到的书啊，杂志也好，漫画书也好，写得异常朦胧的儿童文学也好。书店主人是个也就二十多岁的女孩子，剪着短发，有时一边看着报纸一边吃她的面，总是戴着一副蓝色或白色的袖套，所以大家都不担心她是否会影响那些刚到的新书们的洁净度了。碰到人少的时候，她也愿意让这些对门学校里的聒噪小孩在这里安静地窝上一会儿，一个个小蘑菇一样地席地而坐了，然后随着午后阳光的位置变化，蘑菇们就移动一点，再移动一点，躲着阳光跑。天快黑了再饥肠辘辘地回家，付一块两块拿本书回家。

后来初中毕业时，在家后面的菜市场里发现一间只有两三个电话亭大小的书店，很多时候店主人都仿佛要被自己的书给淹没了，想象她在里面刨啊刨啊把自己刨出来，探出头看来的客人是哪一个。

等到高中时，经常路过的地铁车站有当时已颇有名气的"季风书园"。那里的光线一直不是特别明亮，但中间陈列的当季推选，总是被所有人默认为"非常有品位"。那个时候，似乎就是自己逐渐地在这些书架中成长起来的机会了，一点点朝上面的更高的位置去够，那里会是之前没有发现，也不曾了解的一个书名，挑在手里的时候仍然倾注了巨大的希望，总相信它们应该是有完全的力量，"打开一个崭新的世界"。

书经常能"打开崭新的世界"，到此刻依然。但究竟能抽中哪一本，弹出那个仅对自己开放的机关，然后一整面墙喜悦地颤抖了一下，它把自己往里让了一步，然后沉重地转出一个角度，从这里开始，我们能够通向心底的秘境或者终极的宇宙，或者是一幅名画背后的密码，一座冰山的消失之谜，谁也不知道。

谁也不知道。

它衰落有时，变质有时，转型有时。它有时想努力地让自己开朗，敞出"笑迎八方客"似的双手，有时又消沉起来，把门关得紧紧的，需要百折不挠的人在外敲上良久。门推了上面还要推下面，一点点挪开。还是那熟悉的几列、几层和几架。它把天堂藏在某个地方，看谁能够抽中。它等着等着，心情又愉快了起来。

恐龙依然在那里

最近这两年，我能想到的特别舒服、特别享受的时候，就是一件工作终于完成的时候——多半是花费很多很多精力的，极其繁重的一件工作，终于完成后。之前几天大概都是没有洗澡的，去洗了澡，泡在浴缸里先用 iPad 看掉两集许久未追的美剧。洗完后，想起之前半个月也没怎么护肤，再久违的把买来的面膜一二三敷了，一二三花去的四十分钟里，又看了一集美剧。等到差不多完结，面膜也全部撕了，头发也吹干了，把自己往床上重重一扔，打开笔记本电脑，随便放个什么，就一集看，一集听，到第三集迷迷糊糊地睡过去了——终于可以好好地睡过去了。

实在是，仅仅让我现在写那么一段，都觉得是羡慕得很，向往得很，特别享受的事情。

当然现在有了很多理由，"需要学习""需要吸收""可以从编剧技巧触类旁通写作技巧""看看人物塑造和台词描写""想想这个高潮序列是如何建造",总之,可以从喜爱的东西中学到很多,这份当然是额外的收获了。回到更纯粹点的普通观众状态,"好赞啊""萌翻了""我去!编剧大人我们来聊一聊""谁给男主角设计的服装?放学后别走""要吻不吻的全都人道毁灭""居然在这里插广告,我要去注册网站会员",一个人也能在屏幕前手舞足蹈,配合地演戏演全套,包括突然之间没有防备地,居然有点想哭:一个布景也好,道具也好,台词也好,明明已经一万一千次经历的荧幕中的分别也好,第一万一千零一次的分别还是让人想哭。

我们自己的人生也许没有想象中那么平淡,但是经过浓缩提炼后的戏剧还是给予了最大可能的畅想衍生的舞台。世界上曾经发生过的事,可能发生过的事,还未曾发生过的事,先让人类自己来假想看看吧。像那个极其有名的微小说那样,全篇只一句话便能让你迅速代入一部高潮迭起的剧集:

"他醒来后,恐龙依然在那里。"

于是乎每个故事都能借助一个类似的开篇,我们睁开眼睛,进入一个彻底不可知的世界,也许会很好,也许会很糟,也许平庸至极,但实在需要庆幸人类就是那么按捺不住,总有一再的一再的新的故事可以提供,让我们永远不会失去对睁开眼睛时所要面对的那个世界的兴趣。

从远古时期开始，人类就围绕着火堆开始讲故事，天生的神，地下的灵。到今天，依然有关于神和灵的剧集，它们在不同的国度里是不同的模样，有的可以抹平地球，有的也许只能让一颗苹果变得好吃，有的还在忙碌地为恋爱中的人使力。

"请给我一个好的故事吧——怎样的都可以"，尽管"怎样的都可以"看似无限制反而会带来最大的难题，但我们却有更多故事可以假设了，不是吗？关于一个家庭，老老少少，可以是尔虞我诈充满爱恨情仇，也可以是日常柴米油盐的生活，互相斗嘴。一个女人，不论是站在森林中，还是站在自家的庭院里看着对面新搬来的邻居，往后都是全然不同的剧情。哪怕同样站在森林中，她手里的是一本书还是一把武器，都会令之后的 12 集大相径庭，都会有它各自的观众。

从早晨睁眼开始，我们下床，洗脸刷牙，也许今天起晚了就来不及吃早饭了，在耳朵里塞上耳机出门上班，上班时可以聊天，也可以非常忙碌。雷打不动的是每天中午的午饭时间，非要等待叫来的外卖到了，把一次性筷子掰开时才按下"播放"按钮，让昨天看到的第 7 集，今天进展到第 8 集，原来他没有死，原来她还有个双胞胎姐姐，原来幕后的 BOSS 是这个人，原来他也是被操控的。下班后按照原路向车站走去，看那棵之前遭遇雷击的树今天好像有了新生的绿芽。雷击哎，不知道树是不是有了奇怪的能量，好像能够让靠近它的人实现一个心愿，等一下，实现一个心愿这种有点太厉害了，换个方式，树有了新的能量，它能让一个人回到史前。

也许真的会有一部电视剧是这样开始的，他睁开眼睛，而恐龙依然在那里。

我们一次次地通过不同的剧情，睁开眼睛，迎接新的故事，体验这个次元中所有的可能，而更幸福的是配着刚刚洗好澡的松软的身体，或者午餐外卖入味的炸鸡。

神说，要有光

游乐人间，活得好，谈何容易。拍着照片，一路同步，坦白流露，感情和态度。其实，人生并非虚耗，何来尘埃飞舞。

——黄伟文《沙龙》

有一次隔着取景器看镜头前的模特，忽然觉得方框里的世界如果就是一切，那该有多好。取景器里做出了全部关于美丑的取舍，撇去的都是多余部分。就那么一点大的世界，那么一点大的世界却浓缩了所有可以被浓缩的情感，然后它打个响指，"咔嚓"。

然后想起很早很早以前曾经流传过的说法，"那个盒子里有可怕的力量"，"它会夺走你的灵魂"。镜头前的人是多么惊恐，惊恐的成分里又有一丝古怪的期待和雀跃。"它会夺走我的灵魂。"

　　还记得苏珊·桑塔格写过"确实，摄影最经得起考验的荣耀仍然在于它发觉美于卑微、空虚、衰朽之中的能力。最起码，真实招致同情，而那种同情就是——美"。当科学的发展使器材对于大众而言不再成为障碍后，"拍照"这个词随之便深入寻常人家，成为如同吃饭喝水翻书睡觉一样随手可为的活动。首先我们用它来实现一个最简单的目的，记载一切：树影婆娑的院子，蜕下的虫壳，好看的小女孩，摔了一跤后成了哇哇大哭的小女孩，很高的地方，很小的飞机，这是第一次见面时坐过的窗前，这是最后一次见面时坐过的窗前，一个秋天一个春天。

　　对大部分的人们来说，那声"咔嚓"后最主要的用途依旧是记录，代替我们已经愈来愈不可信的记忆，发明出来的新工具。尽管用不了多久，会发现被它所定格的，仍然和事实有偏差，但对于每个人来说，所谓的客观事实从一开始就不存在，所以相机继续成为最可靠的仪器。"原来还有这样一个人的存在""原来我曾经去过这样的地方""这是中学""这是车站""这是十年前的自己"。在相片中，他们还好好的，一切都好好的，被定格的瞬间，经由岁月长时间完成发酵，在回忆后简直温暖得让人心惊。（我总想起很早以前听到过的一个设定，宇宙里存在无数个平行空间，好比一把筛子朝空中投掷出，它所运行过的每一个位面都将成为一个新的时空。换句话说，我们自己也有着无数个在平行宇宙中前进的自己，在这个路口选择左的那一刻，随即诞生一个朝右边前进的新的自己，和属于他自己的时空——那么在其中被定格下的每一帧照片，又象征着什么呢？）至少那个时刻，证据确凿似的存在着，还异常欢乐，胆大妄为的自己，摇着椅背，或挥舞着胳膊，在山顶，在海边，在半塌的床沿。

慢慢地，如同歌唱、书写一样，摄影和其他类似"没有门槛"的艺术活动一起，有了广泛的基础，和因此更显得格外艰巨的选拔过程。能说出"他是摄影大师"这种话，好像之前必然经过了一番摧毁式的碾压，一定得存在让人刻骨铭心的一幅画。

原本也是，为何大家都只是按个快门而已，但从中可以撕扯出的美的差距却会如此巨大。为何有些人可以将故事置入其中，即便被定格后，仍然有源源不绝的前因和后果在上面做着暗示。但关键词仍然遍寻不着，只有锁定在那一面中的光与影，以高高的姿态温柔看你。于是不需要仔细地阐述一二三，单是看着便能觉得好，觉得那是美的。那美到底从何处来？它与自己的生命、自己的喜好、自己的性格有关，同时又与整个客观世界的生命，它的喜好、它的性格有关。摄影师在镜头前后打通的路，他从中看到的或许真的就是名为灵魂的东西。

那么说来的话，很早很早以前的传言在另一个意义上并没有错："那是个可怕的有魔力的盒子，它会夺去你的灵魂。"

梦想实现时

进了店里，提个购物篮，然后差不多就开始了，"无差别"的，从各种颜色的笔开始，到厚薄不一的本子、文件夹，透明白色或者橙黄色，要是遇到了新款的贴纸更加要命，差不多每一款都不能放弃，全部全部都要扔一份进篮子里。贴纸有花朵团的，有镜框图案的，有非常可爱的高跟鞋图案的，逛一圈好似都结束了，再度回到本子的柜台前，检查一下是不是自己又错过了什么，发现了纸张更柔软的款式，稍在手腕施加力气它们就能从一侧全部开放向另一侧，或者是格子的，细小的格子，明明自己写字非常"豪迈"，从来不被格子或线条拘束，永远要视那些条条框框为无物，横跨出很多很多去。但这些原本就和怎样书写没有关系，每次决心踏入文具店，有充实的钱包、鼓起的勇气做后盾的时候，都是抱着我是来实现童年的梦想的心情。读书时的梦想，仅仅是在挑选文具，或者假想自己在挑选文具，假想自己在使用挑选的文具——仅仅是这样的想象而已，都会异常充实地温暖那几分钟里的自己。好像成了一个有条理的人，细腻、文气的人，生活忙碌又井井有条的人，有许多此刻的、明日的、下周的、未来的事情在等待自己去实现、去定夺、去完成的，那么一个了不起的人。在假想里继续矜持又傲慢着，那么，把最重要的内容用红色水笔圈出来吧，次要的用黄色，再弱一些的让它们等一等，换成绿色，大家都不要急，有不同颜色的标签会为大家做公正的区分。而所有空白的本子，说真的，多半不会写完，但到底是从哪里先入为主的印象，觉得自己是可以做一个把本子写得满满当当的人，好像会是一件特别美丽的事情。

因此你说，我们怎么可能不热爱文具呢？它们完成了极大的一部分，原本不属于自己的梦想生活。在那里誊写所有未知的希望、憧憬的明日，它们在那里默默栽培一个过得悠游自在又美好的我们自己。

写圆珠笔时漏墨，小拇指根下常常染成一片墨蓝；太厚的笔记本总是更想书写右侧页面，翻过去写左边时就觉得缺乏支撑好不舒服；笔盒的一角抄写着一个特别潦草的电话号码，属于无意中听到的那个男生；有时候在车站里，看见头低低垂着，还未曾睡醒的女孩，手里一盒蘑菇形状的单词本；很多很多好看的书包，虽然学生时的自己消费不起；依然会在每次开学前夕，在书桌前兴奋得睡不着觉，检阅似的目光数过自己精心挑选的新成员，倘若第二天在上面落笔写的第一个字歪了，一整天都会颓唐。

文具的美，那会儿尚且不明白，它们究竟要考虑哪些细节，达到什么标准才更符合人体工学，但愉悦感本身可以跳过所有理性分析，对一种颜色的喜爱，对一种形状的痴迷，更多是对手感的恋恋不舍，以及将它们排列组合后，看它们怎样完成自己的宇宙。

到如今，我还是会为忽然写完了一整本笔记而雀跃，新买了几支钢笔，然后又急不可耐地去配了一个更漂亮的笔袋，笔袋配完了还有笔袋钥匙头上的挂件，一切都就绪，沉甸甸地把它们扔进包里，不知怎么，下次出门时的脚步就有些造作地蹦蹦跳跳。知道这份愉悦的机能没有改变，它们延续了十几年并且会长久以往，从过往单纯的"学业"里向自己整个人生中铺陈。我们写字，我们抄写一个人的名字，我们给别人递一个电话号码，我们写一句话只给自己看，我们在餐桌上抽过店里提供的纸巾不自觉地留一句歌词，我们在桌边打翻一整个文具盒，为一个崭新的记事本写下第一个字时像许生日愿望般地郑重，为一个软趴趴的旧本子画上句号时满足地松一口气。

有"我活得挺好的"、美滋滋的喜悦。

这份喜悦真的简易又真实。

说个故事

这么一想的话也有点好玩，似乎我们中的绝大部分人，会在被问及自己的兴趣爱好时，总是加上一条"看电影"。在"上网""购物""旅游"（过去可能会更多一些"看书"，但现在少了）之后，永远会加一条"看电影"。它是绝大部分人的生活方式，兴趣爱好，消遣首选，是最方便的捷径，让自我得以休息，去别人的生活中体验一下。

这个属于全人类的开端，苏珊·桑塔格是这样概括的："而一切都开始于百年前火车进站的那个瞬间，当人们兴奋地叫喊，甚至火车向他们开来起身躲避时，他们就已经接受了电影。"一个被虚构的故事却在所有的感官中成了真，让亿万人能够不假思索地将这件事列为当之无愧的爱好，电影果然是那么了不起的。

在电影还没有诞生前是故事。最初口述，一个讲给另一个，另一个的版本里多了一双翅膀，一座着火的山，在另一个的版本里主角死了，到下一个版本他又复活，口述果然还是改变性太大了，换个地域连神的名字也会弄错。于是接下来有了文字记载的故事，大家传，一代接着一代，父亲传给儿子，母亲传给女儿，看过故事的人大家在一起聊天，还是不太一样，大家脑海里的人事物依然跟着每人各自的生活走，所以同一个主角也长出十几副模样。

而电影要明确多了，当然，同一部电影也会令人产生完全不同的观影感受，可至少能够明确的是，所有人在黑暗之中看的是同一束光，同一个开场和结局，听的是同一段音乐。几个小时里，黑暗之中便失去了自己，仿佛与他人一起融化成液体，只为了渗透进银幕的每个缝隙。

在电影中能够获得的一个故事，开心也好，难过也罢，让人豁然开朗也好，让人疑窦重重也罢，让人哭让人笑，让人开始怀念世界或者追思亡者，让人想要离开地球或者让人试图思考宇宙，电影什么都能做到，只用一个故事。

我们自身的可能性还是太受束缚了，就算以自身的努力，无限的无限的努力，去爱一个人，去成一个家，去创一份业，然后好容易实现了一个梦想，但自己也明白，有更多梦想无法实现，同时还有更多的，连以"梦想"去冠名它也已经显得可笑。一夜醒来成为百万富翁？一夜醒来失去所有记忆？一夜醒来后发现房间中来了一只孟加拉虎？……人生仓促得根本安排不了这些所有的重要夜晚，但电影可以。电影像一枚最寻常的药丸，它说，配方只是一个故事。

一个故事，开端、发展、高潮、结局，却照样包含了人类自古以来的全部智慧，逻辑也好美学也罢，社会的历史的数学的物理的，它都被涵盖进了一个故事。很高的树上坐着两个想听故事的小男孩小女孩，远处是战争的硝烟，近处是被栗子砸开的南极冰盖，怎样驯服一条龙呢，还是你更想知道怎样去植入别人的梦。木星今天是这个样子，下一次它也许会换个样子。纽约走着无数的超能力者和即将变成公主的灰姑娘们。

还觉得不够的话不用担心，电影是集结了也许最聪明最富颠覆性的一群人的行业，他们为了创造出一个新的、好的、能被人记住的故事，所做的努力其实正在改变着整个地球。

只是想看一个好看的故事——从这个需求出发，妈妈合上了女儿的图册读本，男生扔下手中的漫画，游戏玩家等到了结局，一本书印在最后的是"完"。电影院的灯光却还没有被点亮，它装满了融化的心，扑通，扑通，扑通，忽然快了，忽然慢了，那时候就能知道，他们是发现了一个好的故事，还是一个坏的故事，一个新得有些脱轨的故事，还是一个旧的却很可爱的故事。

　　"看了吗？"

　　"看啦。"

　　"好看吗？"

　　"还行。"

　　"故事有意思？"

　　"自己去啦，我不剧透，不剧透。"

如发如雪

有一阵我两天就洗一次头，洗头的过程还往往极烦琐，涂上各色护理用品后戴上帽子再进浴室里蒸一个小时，然后到了下一个阶段我又踏上完全相反的道路，哪怕入夏了依旧能两个礼拜都不洗头，仿佛接到了挑战吉尼斯世界纪录的委托，又或者在做活体测试"人会不会最终死于头皮太痒"。经过这样反复的折腾，头发也过着大起大落大悲大喜的人生一般，出乎意料地坚韧，见过了大风大浪的坚韧。等到某一天忽然想要大哭时，手边能够找到最近的用来擦拭和遮掩的"道具"倒是头发。它们很长了，也有真实的厚度，成为新的布料，可以用来包裹脑袋里全部成形与未成形的密谋。随着时间的增长——不如说有的时候我恍然以为它们就是时间的某一种形态，五个月，一年，三年，五年，头发留了多少年，多少年到最后也只简化成一根细细的黑丝，某年曾经发生的厄，某年曾经尝过的福，都只在这细细的年轮中被和平地记录。

一度我觉得人遇到一个属于自己的发型应该用"拯救"这种分量的词语才行。我们在头发上遭遇过的挫败实在太多，堪比一桩桩惨痛不已又不可能简单解决的恋爱关系，唯有同样地寄希望于时间，一边等待这个正在不堪入目状态下的发型终于毒性解除，一边慢慢打消去血洗理发店的冲动。就这样，也许失败了五次，六次，七次，偶尔能够遇到无功无过的一款，童花头或者马尾辫，但依旧和自己心目中期待的形象有着山高水长的距离。那会儿刚刚产生的审美意识，始终无法获得一个"满分"的小红花，大概真的要垂头丧气，觉得自己不会变好看了，自己一辈子都要顶着这头随意的短发或长发，和满大街其他人一样就这么黯淡地过下去了。

如此看来，绝对就是一次"拯救"了吧，仅仅靠它就能让自己宛如新生，脱胎换骨似的。它成了一张决定性的王牌，以至于常常使人不由自主要押在人生的某些时刻。可能是每个女孩子都会遇到过的，仅仅是一直以来扎的马尾换成辫子，在那天走出家门即将到达学校的时候，也会忍不住因为紧张而脸红，越来越紧张，越来越浮夸的心跳，不输大考前夕，不输表白前夕，只是因为更改了一个发型，就如同对周围明明白白地释放了一个信号，"我打算改变一下"，是比发出真实的声音更直接的表达。

　　再想起过去特别艳羡的女孩子，里面总有很大一部分是给予了对方的头发。最初只是捧着餐盘在她旁边落座，没有特殊的发现，但随后她抬起了头，脸当然是非常非常好看的脸，眼睛、鼻头、白皙的肤色。然后是头发，头发是及肩长度，黑得几乎泛蓝，戴很细的头箍，而后她拨了拨头发接着低下头去喝汤。就是这样一个画面而已，自己已经在内心累积了成堆的惊叹号，哪怕身为同性也控制不住地羞涩起来，只是因为坐在对方的旁边。余光持续地扫到她，及肩的黑发，尾梢带着好看的弧度，头箍在时间过去很久后已经想不起来是什么颜色，而那个瞬间却作为青春期中最典型的一幕被永远地记载了下来。它和性别意识有关，和自我认知有关，和"美"这个字有关。

　　染成红色黄色；沿耳朵剃成看得见头皮的板寸；很长的头发已经过了腰，又想把它们剪回童年的样子；与此同时，诞生了张狂的自己，傲慢的自己，孤僻的自己，热情的自己，胆小的自己，看他们一个一个地，拿起梳子，放下剪刀，是完结了一个冬天的残雪，又或者重燃了下一个来年的暑热。

那也是青春啊

　　我还是没有办法不去那么热情地回想。说实在的，这一阵，追了好些年的一些综艺节目变得有一看没一看，想不起来就不看了，想起来再看，什么时候想起来，不好说。另外一些忽然就成为全民话题的，会看一集，两集，然后也有喜欢的，也有不喜欢的。可要总结的话，似乎还是更留恋于记忆里的片段，想起自己也有过为了一个综艺节目而被打乱了生活节奏的时候，身不由己就投入了一股前所未有的浪潮的时候，那个时候的参与感需要留到日后回忆时，才能更加轰轰烈烈地迎来它的被肯定。是综艺节目，可它的意义已经远远超过一档普通综艺节目带给观众、带给社会的深厚，以至于曾经同样参与过的自己，感受到一种与有荣焉般的喜悦。自己并非只是那么简单地打开电视，每天或者每周的那个固定时间，并非只是在节目完结后继续意犹未尽地把话题扩展个没完，然后还从里面区分出敌和我的严肃阵营。甚至最后又笑又哭了，又为了这个争吵斗气了。这些全部都是来自某一档综艺节目的影响。

　　首先是以某一种固定的频率，好像每次时钟到了那个点，就有一个必然的问候，时间慢慢长了，它累积成一种习惯，而综艺的属性又让人对这种问候多出几分期待：有时是晚饭后，有时是夜宵前，当当当，拿勺子敲着勺子，召集家人朋友们坐到一起，西瓜切好了，空调开好了，某某节目要开始了。那个时候有动画，也有连续剧，还有网络上更多五花八门的视频选择，说实在的，面对一群大约是见过点世面的又骄傲的面孔，作为综艺节目要讨人欢心的难度在近几年仿佛是更难又更容易。难在选择实在变得太多了，可容易也在于综艺节目自身能够诞生的新花样变得太多了。有了许许多多"原来还可以这样呀"的目瞪口呆，完全褒义的目瞪口呆。我们心里充满了第一次跟着综艺节目踏出原有条条框框的疯狂尖叫。原来可以看见这样的风景，可以听见这样的声音，可以跟着这样的人经历这样的冒险。忽然水面高了起来，主持人冷静地判断出危险，带着摄影师噌噌噌地抓着藤条爬到了高处，原本他们所站立的地方已经被奔涌而至的山洪冲没。还有被巨大蜥蜴咬住衣角，不停地跑啊跑啊跑啊，又紧张又兴奋又叫又笑的少女，也同样让人目瞪口呆着，还可以这样的呀。原先固有的设定都不见了，哪怕是同样回到摄影棚里，就失去了天马行空的可能了吗，哼哼，太天真了。

　　我印象中最早的综艺节目大概是《正大综艺》，尽管我现在能记得这个名字，但对于它具体的节目内容实在是回想不起来。到后来在各个地方台独自蓬勃的一些综艺节目，然后有了卫视的概念，又增加了网络。第一次看《康熙来了》也是网络上的推荐，"笑喷出鼻涕了""笑得我要死了"的一档节目却不是关于讲相声的类型，那是什么样的，什么访谈类节目还可以配上这样的形容呢？然后就到了某个夏天，是夏天没有错，台上一批批的女孩子唱着歌，她们来自全国各地，一点点地被淘汰，淘汰的赛制听起来都有些复杂，这个加上那个综合下来再由评委群 A 和评委群 B 来定夺，主持人很了不起，把那么复杂的赛程都说得明明白白了。文字写下来好像都形容不出的精彩度，却成为那一年可以和"青春"两字紧紧捆绑在一起的电视综艺节目。"那不仅是台上的，也是台下的我们的，共同的青春啊！"听网上的传言，加入一轮战局或者冷眼旁观，可尽管下决心冷眼旁观了，半夜还是按捺不住爬起来去再围观一下进展，重播看许多许多遍，相关的报道看许多许多遍，整个夏天都热得聒噪了，攥在手里用来投票的手机蒙上一层激动的手汗。和时光捆绑在一起，和青春捆绑在一起，和自己的人生捆绑在了一起，哪怕现在或许已经告别，但永远不会否决的是，那是一段被综艺节目所赋予的、前所未有的日子。

那么此时也是一样，不管火热与否，精彩与否，智慧与否，跳脱与否，只要是一档被广泛参与了、吸收了的综艺节目，也一样会在五年、十年，甚至哪怕二十年后，被作为自己人生不能忘怀的一块色彩，贴上青春的昂贵标签，得到了一个温柔的回眸。

罗曼史的来由

　　我挺信星座的。加个修饰程度的副词是因为没有更进一步的了解，看不懂星盘，同样缺乏其他更深入一些的知识，大致仍然停留在看看每周运势，每月运势，遇到某个不喜欢的人，不忘打听一下他的星座，从此对这一星座的人小心翼翼一些，倘若真的再度不喜欢起来，也会拿它来验证"星座其实挺有道理"。

　　但大多数理科生朋友，继续对我的这点"挺信星座"嗤之以鼻，他们能够罗列出非常客观而有力的证据，来验证星座说没有道理。本来也是，神话中截取出的一个片段，从天上几个模棱两可的亮点那里寻找证据，然后又用他们反过来证明神话是真的，背负兄妹逃亡的白羊是真的，愿意将寿命分予对方的兄弟是真的，被追逐时化身鱼身逃走的神也是真的……当"神话"能够成为构成的要素时，难怪那些理性的朋友们会投出反对票。可对我来说，大概恰恰是因为从一开始就与神话有关，关于星座的一切都充满了罗曼蒂克的无尽宿命感。

信星座是因为等到了很久以后，一直在思索为什么会成为现在的样子，为什么会畏缩，为什么会惧怕，为什么会消极，为什么对安全感的渴望有时候近乎扭曲。心理学让人去寻找由家庭带来的原因，童年经历的影响。可即便回想起一些过往片段中所谓的"关键事件"，当时的自己是大声辩驳了还是默默流泪，是第一次选择了坚持还是第一次怅然地放弃，这些影响了日后的决定是如何做出的，我却常常很难再追溯到成因。懒了下来，放弃的时候，在很多年后看见书上这样说，金牛座的人现实而温吞，自尊心强，惧怕变动。那会儿的确有一种很多年前的问题突然冒出一个答案的感觉。虽然这个答案本身依然真伪难辨，但它却忽然用一种极具蛊惑性的美感——来自遥远的时间和遥远的空间，它们自身浑然不觉——影响了一颗苍蓝星球上的微小生物。如果是这样的话，仅仅以这段自说自话的信心，也能鼓励自己去相信，"星座还挺准的呀"。

希望星座是准的，遭遇接连的打击时，会想着去从星座运势里寻找依据，如此一来，就有了如同是整个茫茫宇宙在为难自己的画面感：土星在接近，木星在远离，一场身不由己的关系迭代。

　　而总结星座运势，有一句话是永远都正确的，"说下周有好事时常常不准，但预言遭遇挫折却百发百中"，如此一来，星座最后只是一针最强效的安慰剂啊。一旦从无限大的范围中找到了"原因"，那么什么都可以有一个解释了。自己怎么就老是忘不了他，怎么就总是想要撒谎，怎么就又误了飞机呢？这些都是情有可原的了。因为天上的星星也出了问题。自己这些微不足道的事情，并不那么渺小，可以只管为它们伤神劳累，为它们精疲力竭。

　　有好几次的机会，在野外看到了不被遮挡的星空。天空过于澄澈，让眼睛只要稍微使力，仿佛就能分辨出更多的，宛如无尽的星星。整个人因此都疲乏了下来，在群星的众目睽睽之下时，人果然会再度被这份神秘主义的浪漫所诱惑，以为自己的存在和这个宇宙真实相关，此刻的肉体和灵魂的模样都有天空的群星参与，它们到底是如何雕琢、如何打磨、如何美化或如何摧毁的，不得而知，只有神话中的神、牛、蛇、水流和弓箭作为仅剩的信息。

大中小和迷你的朋友们

周二下午没有课，学校里空空荡荡的，阳光浇出一阵阵汹涌的蝉鸣，偶尔有两三个拖拉的人影，躲在走廊某处。他们舔着一支甜筒或者被突然喷射的可乐击中，世界热闹了短短的几秒时间，而更快乐的小孩子们不一会儿便困倦起来，眯起眼睛看天空，来了一只灰白相间的鸟，用翅膀把世界划分成自己和他们。

如果用《天使爱美丽》开篇般的镜头描述，那就是与此同时，仅仅在那个宛如停顿的刹那，校园角落里三只野猫正在追捕，一片麻雀咋咋呼呼地腾空；很高的树杈上落下小拇指大的虫子，多少人曾经被它吓得哇哇大哭；门卫脚边睡着的黄狗忽然醒来，眼睛湿润润地望着墙角的一只废弃球拍；不远处的阁楼里一台电视机在发着光，里面的纪录片里有更多的：仍然在这个刹那，海洋中最大的哺乳动物化成美丽的骸骨；一只蝴蝶正要改变风暴；狐猴预感到了雨季的到来；荷塘边的青蛙整装待发。世界在很远和很大的地方生机勃勃地活着。同时又在很近很小的地方，小孩子手里的冰激凌溅落在地上，一行蚂蚁构成的字体很快要写就。

我想在整个太阳系里——其实不止整个太阳系，其他行星一直最羡慕着地球的一点，就是它有那么多很大的、中不溜的、小小的、迷你的，以及根本看不见的各种动物"朋友"。

很喜欢的人有时候让人联想到雪豹。不知道这样的联想是从何处开始成为根源，大概面对某些人类所具备的优美，又不愿它们仅仅属于人类，而是希望它们源自更加本能和野性的动物们。毕竟动物们是此刻仍旧和自然相依为命的群体，野性是嗜血的刀剑，一行自野地里消失的足迹，通往的永远是和人类无缘的地狱兼天堂。仅仅是望着那行足迹而已，也能让无聊的人类臆想和激动。

从小时候起，一些简单朴素的念头灌溉着我们："要讲卫生""有礼貌""会说谢谢""做错事会道歉""诚实"，或者更朴素点的，"别吃太多糖果呀"和"要爱护动物，它们是我们的朋友"。哪怕在任何角度看，人类这种交友的意图都是单方面的，一厢情愿的，但这仍然是一种非常美好的价值观。

　　有一颗更包容和热爱万物的心，它会让我们在很多时刻，感受到无法言说的快乐。很小的时候，我们还不求甚解，单是对一个放学后空荡荡的午后难以忘怀。难以忘怀的部分不仅是那份日后尤为可贵的懒洋洋，还有在同一个环境下忽然唤起我们幸福感的一只飞鸟。它让"自由"与"生机"这样从来都太缥缈的词语，第一次很清晰地做出了投射。

　　喜怒哀乐都是很重的情感，有时候它们在工作、日常、经济问题、恋爱关系里被消耗殆尽，最后留给人的只能是一张麻木的脸，累极了的时候一点感情也不想耗费，所以忍不住就要变得无动于衷，对其他外界都无动于衷，对好音乐无动于衷，对饮料公司新开发的口味无动于衷，对一篇修改良久的文字无动于衷，对一匹在涉水的马无动于衷，哪怕它影子落在深深的蓝色里，用宝石般的眼睛看了你一会儿。这样可不行呀。

　　所以还是始终保存住最后一点点的爱，给所有的毛茸茸，所有的轻盈，所有的笨拙，所有的雀跃，所有的一惊一乍，所有的傲然，所有的光洁，所有的宝石般的眼睛——给这个世界上最好的动物们。

至高无上的爱

我相信人生是有几个决定瞬间的。一颗原本沿直线向前运动的玻璃小球，遇到了另一颗，尽管是异常轻微的撞击，可随后的路线依然改变了。它改朝向一个新的方向去。它那么幸运，又跃跃欲试，它不知道自己会在日后发现怎样的新鲜，只是往一个预料外的地方去——

那天下午，是我第一次逃学。学校是寄宿制的高中，只有周末才能回家。但等不到周末了，在周二的下午，看着课表里的一节数学一节历史一节自习，坐不住，浑身都难受，压抑极了。脑海中想着我要回家，不管怎样我不想在这里待着了，我没法儿听课，没法儿集中精神，更别提回答问题，可回答不出问题老师又会进一步讨厌你，认定你是个差生。好吧，既然是差生那就做点差生真正会做的事。我整理了书包，还有零钱，下课时间的走廊闹腾极了，我提着书包就从楼梯走了下来，一路到门前，拿着很早以前就伪造好但一直没有胆量用出去的出门单，递给门卫，也很顺利地骗过了他，然后我几乎是以逃走般的速度离开了学校。回家干什么，一点也没想好，至少比在学校里舒服。坐四十分钟的公交车，再坐四十分钟的地铁，昏昏沉沉地回家，父母都外出了，家难得地归我所有，没有问题需要回答，没有差生的身份要证实，想干什么就干呗。

于是那个下午，我坐在电脑前，打开了很多零食，可乐，大概还有冰激凌，然后找到一张不久前从同学那里借来的 VCD 光盘，是啊，还是分 AB 盘的两张 VCD，A 盘印着粗糙的绿色，B 盘是同样粗糙的蓝色，上面一行楷体字"名侦探柯南剧场版——引爆摩天楼"。

在那之前电视里是放过配音版《名侦探柯南》的 TV 版的，当然一样是好看的，大概也一集没落过。很熟了，柯南的事，工藤新一和毛利兰，毛利小五郎，还有灰原哀、阿笠博士，等等。但没看过时长近两个小时的长篇，更何况当它是那么精彩的一部剧场版动画时。生日礼物是红色的卫衣，不舍得剪断的红线，遭遇了偏执狂的疯子又如何，最后总会赢的，赢得漂亮，赢得跌宕起伏。

所以哪怕日后过去很多很多年了，我还是会记得那个下午，那算是我第一次那么强烈而明确地发现柯南动画多么好看啊，制作多么出色啊，剧情多么扣人心弦啊。动画是可以达到这样的高度的啊，不是每天下午在电视台里仅仅面对儿童的那么寻常，它有非常好的团队，一起来贡献给非常好的故事。

大概这就是一颗出现在我人生路途前方的、预料之外的玻璃球。碰撞的速度并不快，但那个撞击的瞬间，身体里还是明显地震动了，发出久久未平的波动。我回想迎向它的短短零点零一秒，它是如何放大，如何亮出一片刺目的光芒。再睁眼时，知道自己的一部分已经因此而发生了变化——

我想看更多更多的类似《名侦探柯南》的出色的动画作品，想了解更多关于它们的内容，想认识更多喜爱它的人群，想有没有可能将来的工作能够和它稍微沾一点点边。

只是一个周二的下午，关在自己的小房间里，对着电脑屏幕，AB 盘的 VCD——但它却从此没有被淡忘过，没有磨灭，它成为从此以往我人生的一个重大转折点，虽然在那会儿仍然安安静静地不言不语。可这次的遭遇依然如此难忘，它是一份值得用至高无上来形容的爱意。

戏人生

　　那晚很多人为了中文版《最终幻想15》发售而激动着，不停刷着它的新闻，交换着它的信息，查阅着自己的订购状况，继而开始怀旧它长久的许诺的出品过程。那晚我因为赶完一个工作很早就躺下了，在床上身体觉得困极了，而精神依然迟迟不肯进入睡眠，原因是什么呢？

　　至少在三年前吧——可你看毕竟也是五年前了——还很热衷地打过一段时间手机上的祖玛游戏，再往回追溯，就得是十年前了，当时仍然那么熟悉地脑子发热，买了几乎四个不同颜色的 PSP 和前前后后三个不同款的 NDS 或 NDSL，家里 Wii 和 PS2 都有，电脑上也装了不少，都在桌面构成了把我从 Word 拉走的重大诱惑。

　　这么说来，你看我也一度是个挺标准的游戏玩家。几天几夜捏着手柄，最后右手拇指几乎直不起来的小症状也有，因为大 BOSS 太难打，在房间里气哭、摔东西的行为常见，以及到今天，还是对游戏里"存盘点"这个设定非常心有戚戚，会在写作时把它比喻进很多地方。

虽然不可否认的是，我慢慢离游戏这个世界很遥远了，它是过去的朋友，或许不会在日后相见。因而一切回忆都是美好的。我知道它很了不起，集技术、娱乐和想象力于一身，很多时候带来的治疗效果在精神层面远远高出其他任何方法。就是想做帅气的枪手，想去宇宙开垦新的领土，想好似忍者一样躲在树上看月亮大过一整个山头。

很早以前和做游戏资讯志的朋友们一起共事，大家像住在学生宿舍似的生活在一起，早上睡眼惺忪地起床梳洗完，从宿舍的二楼到了办公楼的一楼，边看动画片边等其他同事们陆陆续续地来。办公区域分成动画和游戏两块，有时候貌似打到了关键段落，所有人都放下手里的活儿去围观那位正在攻坚克难的伙伴，一起鼓掌又或是同时发出了惋惜的声音并借此骂几句。我那会儿还不是完全地明白这类环节的精彩或伟大，可气氛是没有改变的，一个游戏发售的当日，以最快的速度抢到了它，随后几个人开始接力般地通宵达旦攻关，最后的某天早上我依然睡眼惺忪地下楼，楼下是几天没有回家的同事摇摇晃晃地站起来说差不多可以回家睡觉了，完工啦。电视机前散落着纠缠一地的手柄线，很多空啤酒罐，吃剩的饭盒，室外冬日北京的日光是淡淡的奶白。

也都是宛如前世似的回忆了。我同样怀念这群早已散落在天涯各地的曾经共事过的人们。他们中有许多人应该至今依然从事以游戏为主的工作，也有一部分人和我相似，完全告别了游戏这个有魅力的大魔王，开始了，开始了，开始了怎么说好呢，另一种游戏似的人生。

做帅气的枪手，在巷角或雪地中出其不意地解决敌人。

——遇到出乎意料的敌人，在网络中被拽住脚踝。

去宇宙开垦新的领土吧，飞船在无声的黑暗中寻找第一束光。

——飞机降落在格陵兰的机场，炫目的日光是之前从未所见的。

忍者一般在树上蹲守春秋，看月亮在山头如何变化阴晴圆缺。

——深夜站在城市最高的玻璃走廊，想着一切计划都不可控，我的人生从来没有一次是因为自己主动的行为而被推进的，全是因为命运。并且没有一个存盘点，发着温暖的黄色光的存盘点，站上去就可以安心了，它说你的一切都好好保存，你的所有回忆不会有半点流失，而且你可以在此重来，你完全拥有重来的机会，你放心大胆地往前走吧，你不要害怕。

完全不同的人生。

内核

穿过两条马路，雨水就来了，风也呼啸着，让人来不及撑起雨伞，拥抱时的胸襟湿漉漉一片。而两条马路外的摩天轮明明还在晴空下旋转着，云是白色的，亲吻是干燥的。

第一次站在伦敦的街头有点仓促，来不及好好准备接受它带来的所有奥妙矛盾。属于它的信息太多并且新鲜，不同于以往抵达的其他地方，因而大脑会来不及运算处理吧，一次次卡壳，看鼠标操作的身体如何在许多地方频频停留下来，不知所措。

而在那之前，对于英伦这个词语下包含的内容，毕竟是片面的甚至含有许多错误吧。想要了解一个历史异常悠久的国家，从哪儿开始着手都让人惶恐。而我最先记得的，一直记得的，是飞机降落时，那一片异常湿漉漉的，我过去和往后都再也没有见过类似的湿漉漉的绿色，那么丰沃的绿色，在地面上铺成厚绒质地的毯子。

逐渐地，我们是由我们所吃下的、我们所消耗的、我们所赢取的、我们所投降的东西构成的。那里面经常有浓重的甜味，鱼的鲜活的腥气，连绵不绝的阴雨，某一种来源不明的傲慢和不会挂在嘴边的爱。于是某个时间，当我们发现它们经常性地和这个地域发生大面积的重合，那个当下会是多么欢欣呢。

如果还记得最早的时候听尼斯湖水怪的故事，它从灰蓝色的浓雾中开启了最初的刺激的秘密。那之后会是什么？当我们一天天地在自己熟悉的日常中完成了对自己的轨道的修葺，它要在哪里停留？它的路途大多数可以用乏善可陈来形容，不过也会有惊喜，来自弄堂口一夜开满花朵的树，或者第一次被人好好地赞美说刚才表现得很好。我们的人生轨迹一点点被确认下来了，它大概要这样继续下去，三年五年或者更久的二十年，在那段既定的路途中，有没有可能在好几个刹那，想把车从路途上开出去，凶猛而危险地冲下路基，一路疾驰向未知和恐怖——"我想去亲眼见一见只在电视上见过的他""我想去感受一下她写下那段名句的住处""我想去你走过的迷雾中呼吸""我想去那里生活看看"。

一个陌生的国度，从零开始，学习它数之不尽的知识点，它可以被了解的一切，它关于历史的部分或许就能耗费掉我们一生。从公元前 2000 年的凯尔特文明在不列颠建立了国家开始，在金雀花王朝中出现的牛津、剑桥，查理一世上断头台那天或许都排不进基本考点，毕竟里面还将诞生无数的小说、戏剧。莎士比亚是天上的星辰，王尔德的墓碑上落满唇印。

了解得越多，也许会越来越无法离开，我们成为我们所赢取的和我们所投降的东西的集合。只是坐在电脑前一边嚼着奶茶里的珍珠一边看《黑镜》也好，生日收到 Vivienne Westwood 的戒指高兴极了也好，在西敏寺和家人合影留念也好，在宿舍终于学会自己做菜而摆脱了 fish and chips（炸鱼薯条）也好，看到穿苏格兰裙的男士按捺住要掀开看看是不是有穿内裤的冲动也好……离自己最初所陌生的世界越来越近的时候，是犹如那个著名抛物线一样，喜欢不断地增加，然后过了某个节点后就迅速下坠吗？还是下坠一段时间后，它终究还是会重新上扬，因为我们喜欢的东西终究不会改变，是它们塑造了我们。

回答是"一直都爱"

　　稍微撑了一会儿，时间又过了凌晨一点，大段的清醒来了，新一场日夜颠倒的作息就要开始。以往睡不着的时候总是刷手机多，在没有人出没的朋友圈，在没有人更新的微博，或者是从一个无谓的网页跳到另一个网页，然后把手机放下，望着天花板发呆，陷入惶惶不可终日的巨大消沉，想念前世般的童年，七月的夜晚在二楼的阳台乘凉，还是热，妈妈端来凉水把脚浸下去。

　　思绪能够提供的去处往往不怀好意，它让你回忆好的，然后为此刻的落差神伤。它让你回忆糟糕的，结果是更直白的神伤。

　　后来想，我自己驾驶不了这艘小船了，它面对的选择只有稍小的风暴和风暴，所以躲到其他世界里去吧，躲到他人的世界里去，躲到他人经历的干净的苦、浩荡的怒、碧蓝的忧和透明的乐里去，看它们怎么被写成直白的短语、拗口的长句、迷宫一般的诗，看它们怎么被写成头顶的无垠的宇宙。

看手头所有可以找到的书去。

实话实说，过去几年我阅读的书籍都非常之少，阅读已经完全被眼下的所谓信息时代分解了，我看很多短的报道、长的杂文、逃不开的令人震惊的八卦。然后一阵一阵烦躁袭来，是这类阅读提醒了我，什么叫空虚，什么叫无聊，但我却一再地听之任之。我的集中阅读都在童年里，一本《少年文艺》里落满了无花果碎屑，一本《红与黑》看得一知半解。我不知道童年里称得上唯一的兴趣爱好的阅读，对日后的工作是否产生了足够的影响，可一旦自己开始提笔写作，阅读量却发生了骤减。当时给自己找的理由是，容易受影响。其实根本原因决非这样，我只是真的烦躁，真的空虚，静不下心，觉得阅读的性价比不高，想要性价比更高的吸收方法可始终也没有找到。这么想来，不是对自己不讨厌的。

在新一轮的日夜颠倒里，找书来读，从凌晨一点读到四点，一本一本，很快地也就看完了。连一直搁置的 Kindle，不知不觉把过去买的所有电子书全都变成了完成"100%"。大多数都是值得看的，甚至有些在一瞬间让我没有防备地掉了眼泪，有些句子已经可以背诵，"遇见你，对我是危险的，而在那个特定的时间遇见你，则对我成了致命"。

一本书从打开到最后，有时是学习，学习天才这么描写一场从没见过的大火"我从未见过毁灭，更不知新生"，学习用在"跑""走"前的形容词绝不仅限于"高兴地""欢快地"，或者再宏大一点，学习一个主人公是如何被数万字安排，一步一步走向再无法回头的决胜瞬间；有时的阅读没有那么明确的目的，只想知道自己有时转瞬即逝的无望来源于何处，它是否在千百年前已经被广泛共鸣流通在所有人类的血液中，既然是良久以来无数人都不能解决的问题，会不会让我稍感安慰；有时阅读的书可能未必那么精彩，可它至少能让我暂时忘记自己的牛角尖思维，逃出永远钻不出去和永远不能放弃钻出去的渴望的死胡同。

我小时候读书那会儿，有那么多无关的想法吗？说真的记不起来了。但看书是件很快乐的事，这个印象一直鲜明。它教会了我很多，教会了我写，教会了我去抒发，教会了我如何磨砺自己的特长，将来可以用它去尝试安慰别人，一如我自己是如何被安慰的。

"就连一朵小花绽放，世界也将经历阵痛。"

"天空窄得只剩一线蓝色，只有鹰在空中斜来斜去。"

Reawakening

　　结果却从"有些音乐我从此再也不会听了"开始下笔。可事实正是如此，有些曲子从此往后再也不会听了。

　　音乐对我来说有一项非常可怕而强大的功能，是那如磁带一般的功能，可以将听那首曲子时的全部情境原封不动地录制下来，持久保持。一首歌但凡出现在了特定的场合，悲、欢、离、合，难以言状的失意、抑郁至极的怀疑……那糟了，未来在任何时刻任何地点，倘若不小心重温了它，都会迅速复习由它伴随的一切，没有丝毫折损，完全复现。它是不会生锈的钥匙，轻易打开所有由它上的锁。

　　我曾经想过写一个女孩子，去和恋人分手时，坐在车上都会先关掉手机里的音乐播放器。虽然平时在电车上塞着耳机听音乐是必不可少的举动，但那会儿不行，不能再增加从此不会再听的音乐了——一年、三年，甚至五年过去，她在电视节目，在出租车的电台广播，在卡拉OK里不小心重新听到那首歌，都会毫无困难地瞬间回想起来，啊，那是我去和那个人提分手时听的音乐，我怎么会下这样的决心呢，我的那一次失败为什么决定了之后所有失败的固定方式，哪怕过去再久，照样不费吹灰之力地让她重温早已忘却的心灰意冷。时间丝毫不能阻隔，音乐可以摆脱它的完全束缚。

所以，音乐是多么可怕——贬义的可怕，褒义的可怕，中性的可怕，但更多是褒义的可怕，无法摆脱的、宛如中毒一般的、致瘾性极强的可怕。

入冬的早上，如果能够活在正常的作息里，六七点起床，钻出被窝，穿并不厚实的睡衣，先去开电脑，开了电脑里的音乐软件，开始播放今天的推荐歌曲，然后才去刷牙洗脸。

在卫生间里对着镜子，会忍不住在降温的寒意中起鸡皮疙瘩，打个寒战，这会儿才感觉到真实的醒来，而后听见外面传来或强或弱的曲子，那是我最喜欢的冬日的时刻。

而后磨蹭磨蹭，坐到电脑前开始试图工作，简言之，写点什么，那会儿便开始对音乐进行无穷的撒娇和索取，告诉它我没有灵感，我没有灵感，求你给我点灵感，你一定做得到，因为你是魔咒一般的存在，是人类能力范围内能创造的最接近神

创的语言。如果世界上真的存在通天塔，修葺它的砖石只能是
音乐。

太过仰赖音乐的力量，每一天，每一个时刻，总在很多时
刻，是音乐真正地完成了我们的某一段人生。如果在那天的航
班上没有听到那首歌曲，如果在那一个月对考试的冲刺中没有
循环那张专辑，如果在那天迷失的异国商场没有听到那首电子
的广告歌，或者更普遍更直观一点，在对自我最厌恶的时候没
有遇到那支乐队，没有遇到那个主唱，又可能稍微轻松一点吧，
大扫除的时候没有音乐真的一点动力也没有啊。

离不开音乐，一点也离不开。可以轻松地提起——不然的
话谁熬得过上下班坐地铁的时间啊；可以感激地提——要是没
有横山克作的原声曲子，我写不出很多文章；可以悲伤地提——
虽然去分手的路上刻意没有选择听音乐，但在分手的广场上，
广场上响起了从此再也不能听的，明明是很优美的曲子；可以
慨然地提——2017 年我过得最无望的时刻，是那一首 *One of
One* 陪我度过的。它既救了我，救了我以后我便再也不能回头
听它了。一年后，三年后，十年后，任何时候我在任何场合听
到它的刹那，就能回到那个坐在黑暗里不能动弹的自己。那是
重生后的重新死。全部由音乐完成。

博物馆之约

　　春天的时候走进普拉多博物馆，毕加索的《格尔尼卡》被单独陈列在一间展室里。这是整个普拉多博物馆里人流最密集的空间之一，三名工作人员在房间各角里维护秩序，画前用绳隔出了观赏的界线，画占据了几乎一整面墙。参观者们看完了整体，再走到左边，走到右边，垫脚，俯身，想把每个细节都看得再清楚一些。想看清痛苦的母亲，燃烧的屋顶，从断裂的剑柄中生出的那株小花。来自世界各地的人，不同的面容、语言，大多在很早以前从其他地方获知了这幅画的存在，而后有些人没过多久，更多人在许多年许多年后，终于得以在博物馆里看见了它本来的样子。这个当下，总有人为之激动，而更多人的喜悦和兴奋要平淡很多。"啊，这样"，"啊，见到了"，"呵，见过了"。

　　我想我也是这样一个参观者，对画家本人信息缺乏了如指掌的掌握，对整个绘画史的发展演变也一知半解，对画中描绘的内容背后那段战争历史稍微熟悉一点，可也仅限于此了。因此还有很远的距离吧，对于知识，对于美，对于历史，对于整个人类的艺术精华。

但，这其实也没有关系啊。因为不明白，无法看出所有伟大之处，就很少踏足博物馆（美术馆）的人，假以时日，一定都会有一天爱上它的。可以细致、具体地爱，知道那些笔触是如何在一百年后，发现了新的表达方向。一面海如何在绘卷上不再是海，却依然拥有万物起源的力量。也可以宽泛、笼统地爱，这尊雕像真细致，这朵鲜花栩栩如生，这是卡夫卡真实的手迹吗？原来他还喜欢画两笔火柴小人，我走过的这条长廊就是当年茜茜公主进宫时的走廊吗？它们居然保存到了今天，它们也会被整个人类尽力地保存下去吧。

很小的时候，春游秋游一旦安排去了博物馆，教室里的气氛总是最不满的。博物馆里不能追逐打闹，大声喧哗，没法窸窸窣窣地拆薯片巧克力。博物馆里有的都是看不懂的青铜器，玻璃大碗，褪了色的黄哈哈的纸卷，有什么好看的嘛，宁愿去给烈士陵园扫墓。

而后再过十几年，变成青年人了，可以选择打发时间的活动项目随着自己的经济独立变多了吧。唱歌，看电影，逛商场。逛商场，看电影，唱歌。啊，无聊开始了。还不如回家待着打游戏。当这轮循环变得愈加无味时，在城市中心矗立了很久很久的那座博物馆，朝你递来一个微笑的邀请眼神。

从陌生到似懂非懂，到后来总有一天的融会贯通，从某部电影的美术设计上认出它的灵感源自德加的画，从那首听了无数遍的歌曲里走出，第一次站在歌词中描写的皇帝的宫廷里，想象那句"my castles stand upon pillars of salt and pillars of sand"，见过了"中日《马关条约》"几个字，原来看见的瞬间会真实地低落……有人说"博物馆是遗产，是人类生存及其环境的物证"，走进博物馆时的自己渺小成一颗沙，它混沌地感受自己漂浮于庞大的时间维度上，能听从未听过的故事，目睹从未目睹的奇事，最后认知从未认知的美。

同道中人

睡醒的时候，窗外的雨还没有停。很开心的是，那棵银杏树越长越茂盛，茂盛得几乎不像是在城市中会有的样子，它几乎快把小半张脸压在了我的窗户上。有时候推窗户，它已经迫不及待地审进些枝条，宛如带着声音："今天干了什么""接下来要干什么呢""告诉我告诉我"。

我重新躺回到床上，看银杏带来碧绿得不合理的初夏，床头没看完的书扣放着，一整本已经比入手时胖了好多，翻得膨了起来，里面还掉落过很多零食的碎屑，有过折角，有一个部分比别的要黄旧些，因为在那里停留得久了一点吧。

这大概算是美好得不太像样的一个午后了。

好的好的，现在看书的人或许真的减少了许多，连同我自己在内，很惭愧的是前些年里，一个月都未必能看完一本书。

但过去真的不是这样，很小的时候看《基度山伯爵》，小学六年级，能看出多少深度呢？仅仅是被情节吸引，不安分地在床上走来走去，一不小心再摔落下来。那会儿老师总不那么乐意（当然他们现在会承认是错了），频频告状说"你女儿太爱看闲书了"，闲书就是《阿加莎·克里斯蒂全集》，也有很多三毛写的随笔和小说，琼瑶的也看，世界名著也看，图书馆有什么就看什么，也未必每本都喜欢，但一看就停不下来，两个下午、三个下午解决掉一本。

当时对文辞、思想深度一概欠缺敏感，仍然是单纯地被情节吸引，"喘不过气来"。所以哪怕很久以后，获取一个故事的途径改成了影视，但仍然无法忘记，也无法否认，从一开始就是小说这个载体，是它培养了自己的想象力，锻炼了自己的共情力，它是智慧和趣味的结晶，美得胜过碧绿的初夏。

等到自己开始尝试创作，写小说对我而言永远都比其他体裁要更具挑战性。它有历时数千年，为无数读者所验证过的隐藏的铁律——一部小说要如何吸引人，是剧情先行，亦或人物先行，人物要如何发展，带动剧情从开始，向步步设置的高潮迈进，并且在最后给予读者既不让他们落空同时又能超越他们需求的结局。这是一桩非常具有难度同样也非常具有吸引力的挑战，是每个以文字为生的人都无法逃避的诱惑。

　　小说中的人物是从纸页的第几页开始活了过来，他们在随后进入我们的人生，进入我们的宇宙，我们会为这些虚构的人物发出真实自然的喜爱或厌恶。而把这些人物写成现实的作者们，究竟在创作的时候遇到过怎样的坎坷和自我撕裂的痛哭，旁人永远不会知道，但旁人其实原本就无须关心。

　　去参观卡夫卡的纪念馆时，纪念馆被布置得非常特别，压抑甚至带一点点荒诞的恐惧。可从他的出生开始，一点点，依靠着翻译软件，了解他的生平，了解他的爱情后，会觉得纪念馆的装潢没有违背卡夫卡。写出《变形记》和《城堡》的他，绝望又孤立，当精神上所有的负担被压迫到最后，在那个极端微小的世界，有化身为笔的才华，就会带来炫目的爆发吧。

　　看轻松的小说、欢快的小说、简约的小说，看繁复的小说、生涩的小说，看每个不同的作家在不同的人生阶段创作的小说……自己的人生做不了傲慢的教皇，做不了不羁的牧羊女，做不了严谨的侦探，但躺在床头，捧起书来的时候，自己可以和他们同在。

我也曾想过和你共度一生

先前写长篇小说，写着写着总会不由得在人物之间切换视角，而最心有戚戚的时候是在某个瞬间，冒出"你这是爱上他（她）了啊"的感叹。到了这会儿，连"喜欢"也懒得用了，直接就是单字的"爱"。

怎么写也写不完，想也想不完，讨论也讨论不出个眉目的爱。

或许不少人曾怀疑过自己失去了爱一个人的能力，但又以更多的事实证明这样的担心纯属多余，爱仍然会从静默的名词转变为热烈的动词，让人说出口，扬起手，跌跌撞撞奔跑起来。

谈一场恋爱，不用顾忌中间加怎样的形容词，失败的，成功的，热闹的，隐秘的，稀里糊涂的，一目了然的……只要是恋爱，感受一个在亿万年间被无数的人共同验证过的密码，怎样在自己身上开启了新的世界。忽而渺小，忽而伟大，忽而想笑，但下一秒又搂着被子情不自禁地大哭起来，那会儿也许真的会认为恋爱太辛苦了，一个人过的生活轻松很多吧。恋爱中不能明确的事情太多，并且大部分无法用经验去有效处理，每次都会发现新的死胡同，但天已经黑了，往回撤退的路消失在废砖瓦中。"以后真的不能再这样了……"洒洒脱脱地活，听起来一点也不可怜，而寂寞则很早就被证明了是加分项，所以真的没有必要再为恋爱两个字就迷失了方向啊。

然而，总有"某一天"，忽然之间，重遇了那个巨大的屏障，用鲜花伪装，呼唤一次滚烫的坠落。连同失重的体感都等同于了刺激，刺激强化了对那个人的情感，"不如我们就共度一生吧"。相似的句子，不惧山高水远地回来了。

去恋爱势必要走出先前的安全区，要小心翼翼地和另一个个体交流，认清对方的真实优点，又得学会怎么对待他的缺点。也许不消一天便冷却了，又可能几年过去后，突然决定退赛。

可尽管如此，尽管关于恋爱的坏处能够写太长的篇幅，太多理由可以劝人重新回到熟悉的安全区。但促使自己踏出去的诱饵却往往只要一条，甚至是很简单的一条。太阳升起来了，照亮了对面楼群的玻璃，太阳在玻璃上反射出可怕的美丽的金光，他从光里走过。

　　在恋爱里反复学习，学习认识自己，学习和他人相处的能力，没有一帆风顺过，从来没有，但不知道从什么时候开始呢，不再想着"我再也不要恋爱了"，变成了"下次不要这样了"。不会放弃的。

　　毕竟恋爱中的自己总是会更可爱一点，听得到赞美，生机勃勃的，连同发火的时候也是，出门前梳头的头路恨不得拿尺量，袜子边也要顺得整整齐齐，小快步跑下楼的时候，很少与自己搭腔的邻居大爷突然夸一句"哦哟，今天怎么啦，这么开心"。

　　一点也没有犹豫地，扭头对他笑着回答："去见男朋友。"

　　不图结果，不问原因，仅仅在这个过程里，恋爱时的自己，最常有信心爆棚的时候，积极开朗得不像话，什么念头都敢冒出来，拿"一生"都押上来，想着要跟对方共度——这样的瞬间，虽然唏嘘，但更多仍然是感激的，感激自己投入地开放。

Chapter 2

杂 物 堆 积 箱

良药甜心

　　天气非常冷，又飘着零星的雨，路不怎么好走，而那天穿得不多，总而言之是急切地想摆脱目前的情况，早一秒躲进家门也是好的。可毫无征兆地，在看到斜对角亮着灯的招牌时，即便要因此等待两个红灯，也还是用红军过草地般的顽强意志克服下来了，哪怕满足的是不值一提的饱腹之欲而已。但在柜台前面用手指戳点着说"我要这块巧克力慕斯蛋糕"的时候，大概是一整天下来，笑得最言而由衷的时候吧。

　　明明是简单的"吃货"精神在作祟嘛，对于口腔的满足才是决定整个人生圆满的基本条件啊，但是"甜点"在口腔中的作用，有时好像又和大鱼大肉们不太一样。我们可以被甜点所俘虏的那"另一个胃"，也许在没有被填满时，感觉到的也不是普通的饥饿吧。而是其他的，犹如一个雾霾阴重的黄昏里，突然感觉人生了无新意时的疲倦和空洞。那么这个时候，就该往这"另一个胃"里，狠狠地塞进一份芝士蛋糕，挖满满的酸奶冰激凌给它，香草味和巧克力味的泡芙要配一对，那才是治疗我们低沉情绪的另一种良药。

说到"存放甜食的是另一个胃"，在电视节目中看过科学家做的调查，给满腹状态下的胃部拍摄了照片，而当告知试验者，下面要上一份甜食时，胃部确实是加速了蠕动，并在即便很艰难的空间中又额外腾出了一些黑影部分，科学家说那就是专门为甜食而整理出来的空间。

看看，到此刻还真令人忍不住想要相信上帝的存在，他对我们有历练时，也同样有宠爱时。这份独独让给甜点的"例外"，就是他交给我们的一件何其古怪但又精妙的武器，和其他能够在瞬间转换心情的——一笔不小不大的钱款，一条来自前男友的问候短信，一个无意被发现的、朋友在别处为自己做出的激动的维护。甜点和它们一样。它从胃开始的抚慰，带着犹如侵蚀般的效力，联动了我们身体里的某些器官，开始一起分泌出真实的物质，让真实的化学成分来摆平那些虚拟的情绪，看来是多么举重若轻啊。

　　回到那个异常冷冽的夜晚，从白天开始算是没什么特别大的坏事发生，但也没什么好事发生，"又是"一个如此的日子。世界上大概有很多人，和我类似的，烦恼的终究是些上不了大场面的琐事，登月旅行和成为著名女高音歌唱家之类的人生对我们而言早已没了可能，所想的无非是这个月怎样过去的，今年还会有什么开心的成就或糟心的挫折么，怎么又摔破了杯子，借给别人的钱什么时候才能要回来，洽谈的业务几天了依然没进展，工作还没有完成，提不起完成它的动力。灰蒙蒙，阴沉沉，好像大致明白了，这就是我们一辈子里被重复得最多的一天——一旦有了这样模糊而失落的意识后，出现在街角的甜品店，也许是比突然从加长轿车上走下来的白马王子，远房亲戚送来的巨额遗产，情敌暴毙的消息更容易得手的一份慰藉吧。黑森林，奶油小方，嵌着草莓即便没有更新鲜一点，可稍微蔫头蔫脑一点的它也还是那么的可爱，就算有个声音大叫着会胖啊会胖啊，肥死啦肥死啦，然而做个可以放纵自己的人，也比要时时刻刻守着干涩的味蕾要幸福得多吧。

　　还是用到了"幸福"这样的说法啊。

　　尽管是身体内分泌的物质，在科学化的流程中改变了我们一瞬的心情，可心情依旧是暖洋洋地好了起来。知道自己还具备为了一点小事而开心的能力，这套宛如求生技能的特长，原来没有失去，如果今天还会被一个泡芙、一盒马卡龙所祝福，那么从这个世界上找到能治愈自己的点滴，飞机耳状态下的猫，穿了很久也没有起毛球的外套，合心意的指甲油颜色，网上一个聪明的笑话——在心灵上下着甜的药，点点滴滴地搜集起来，上上下下左左右右 一块甜点，坏心眼的魔王再见。

水知道

"当阳光照在海上的时候，
我就开始回想着你。
当月亮照耀湖面的时候，
我就开始回想着你。"

过没多久，听说那本一度流行的名叫《水知道答案》的书，应当是伪科学无误。当下心情是挺遗憾的，想着如果书里写的是真的该多好啊，尤其喜欢的是那个说法——水知道答案。

抛开其他，我想，如果可以让仅剩下的这句话仍然是正确的。水知道所有的答案。压根连小心翼翼的副词都不必加，"大概""几乎""绝大部分"，都没有必要——水知道所有的答案。就是如此。

偶尔假想死去的时候，灵魂急速地往这个世界之外的撤退，

像一艘不会回头的要往黑暗深处探索的飞船，而留给这一切的
最后一瞥中，那仍然是个被水所包围的蓝色的星球吧。真奇怪
是不是，我假想自己死去的时候，也应当是会看见这样的画面。
被水包围的星球。比起对人世记忆之初的模糊，在故去的刹那，
应该是非常清晰的告别吧。

所以也难怪，我偶尔会产生这样的联想：如果说人类是神
话里女娲用一根小小的枝条蘸着泥巴，朝地上一甩后，从那些
泥点里开始成形并站立起来的，那么把它稍做修改——无非是
从整个世界的巨大的水巢中，我们是从那里被短暂分离出去的
细小水粒。我们的身体里由内至外都保持了对这个物质的巨大
诚服和信任，坚信到稍微一点的质疑也不能存在，因为它首先
决定了我们的生命，从有了它才有了我们其他一切的俨如多余
的情感。

也难怪了吧，我们多么容易在有关水的画卷面前动容，我
想这和其他景致带来的震撼还不一样。海子在《眺望北方》中
写"我在海边为什么却想到了你 / 不幸而美丽的人 我的命运"，
博尔赫斯也有类似的句子"你的不在萦绕着我 / 犹如系在脖子
上的绳索 / 好似落水者周边的汪洋"，哪怕是水的衍生，雾也

曾被丰饶地描述过 "你不妨在大雾时分得意一回吧，大雾不只会带给你猪皮那般实在的记忆，大雾不只会让你悠然地欣赏屋檐、冻土和草垛，大雾其实会将你挟裹进来与它融为一体"。缘何见到了海就想到了你，见到了云就想到了你，见到了雾、雨、池塘、溪流、半凝的伤口的血就想到了所有或壮大或激烈或细密如针的爱恨。

我想，原因没准也很简单，我们有了类似归巢般的安全，一颗水粒被母体安抚后，从不明究底的基因中激发出的共通感。因为她知道一切的答案。水知道一切的答案。

一个月前我路过陌生公园的湖边，不是个好天气，从一大早的新闻里就得知今天会有骤雨。早晨六点而已，云走得很疾，看久了，会以为是脚下的地球旋转太快而让人有些头晕。

公园里仍有早起锻炼的人，多半是老人，途中偶尔遇到了来这里出差办事的陌生同乡，半清不楚地聊了片刻。然后赶在下一场雨来临前，我快步把自己躲了出去。

其实是一个很疲倦的早晨，很多未完成或失败的心愿都在那个早晨复苏了，哪怕遇到热情的陌生人，也只让人觉得不安和烦躁，想要去公园看一看那里著名的花圃，风太大，吹得一切都是倒伏的，花成了完全另一个样子。让我有些心灰意冷地从后门撤退。

预料之外的是，公园很大，从后门的路走上去，先是一座图书馆，然后沿着两旁有高树的小径下去，突然遇到了一个极深的寂静的池塘。

我说它是极深的、寂静的，有一半都是自己的主观判断。衬着当下的心境，因而那片水看来注定是如此的，里面充满了我全部的需要。灰败的天，暗绿的枝条在上面危险地来回拂过，第一阵的雨来了，不均匀地洒一点，有两颗击中了漂浮在池中心的山茶花。它一半已经溃烂了，露出在水面上的一半还艳丽地好看着。而我站在这个颇大的池塘旁边，四下全然无人，那个时候，该想起的全部都想起来，被克制的也都不再需要克制，犹如获得了巨大的安慰，它说，你只管去想，答案由它来决定。——原来在满足歌德写"我就开始回想你"的条件里，的确是大都有水的存在。冥冥之中，我们都知道自己和水的关联，也相信它知道所有答案。

　　它知道宇宙何时结束，生命如何开始，它知道城市消失的过程，它知道怎样的一段话会被流传，而什么时候人与人开始相爱——血液们一旦湍急，把心脏当作阵地似的冲锋，带来的酥麻感强烈到快要变成刺痛。它定义美又可以肆意摧毁之，塑造死亡又可以佯装一切都还在镜像中历历在目。它什么都知道，它在我们这类生命的更高一层位置。

　　第一次的坐船出海，在异国踏上的悬崖下是碧波荡漾，迷路中最大的一场冬季初雾，以及每个夏天里回归的雨天，还有更多也许很小的很小的、踩不破的小水坑，朋友在上面勉强地没有摔倒，递给恋人的一瓶水，在自己的手里握紧了很久，以至于一手都是发咸的汗。

　　那些全部都是它给予的谜题和答案。

　　"你来不来都一样，竟感觉／每朵莲都像你／尤其隔着黄昏，隔着这样的细雨／永恒，刹那，刹那，永恒。"

野马在

　　飞机降落前，是从地面突然跃起似的一片森林，湿漉漉的仿佛刚刚从一阵雨水里打捞上来，迎向了我们。我一贯对"绿"这个字眼有固定的认知，又被它以千变万化的分层嘲笑了。但毋庸置疑的是，经历了也许有十几个小时的漫长飞行，所有的困倦、烦躁，机舱里含混的气味，胀大了一个半码的脚背，到此刻全都不复存在了，看飞机坠入汪洋似的绿色里，连带想象它应该具有的柔软质地，苔藓似的，牙齿咬一筷子菠菜似的，入夏后的第一颗雨珠打在荷叶上，被它表层的微绒又一点点托举起来似的……心情理所当然地好了。

　　从有一大段以喜欢红色为荣的青少年时期走来，到了最近这个，开始热衷于闭目养神的时期，由此，就觉得过去并不怎么入眼的绿色，开始变得讨喜了。

　　我不确定那番理论是否有正确的科学根据——喜欢红色的人有怎样的深层心理因素，富有激情而充满欢乐，喜欢白色的是不是也真如标准答案一样"心地纯净"了，所以喜欢绿色的就是平和的，崇尚自然的，或者安定的人了吗？

　　但大多数时候，根本没想过那么多，何必赋予颜色如此多的含义，非要从中挖掘出一些什么似的——尤其是它们在大部分时间里并不准确，我明明依然是个时常冲动、极端消极、趋向被动的人，和"绿色"能定义的特质距离持续地远。那么所剩下的，就是那个既冲动又被动的人，总是幻想着，在什么地方、什么场合下，可以暂时抛却所有的负累，什么也不要想。什么也不要想是件根本不可能实现的奢侈的事，但正因此，期待有这样奢侈的一刻，她可以从黑夜的床上坐起，溜出窗外，翻过墙，墙外是一片没有时间刻度的草野，浓厚的绿让它们黏成一团，和各个边缘危险地粘连。一匹从星光中幻化的野马，它四蹄还在傲慢地检视，悠悠地裁夺这片草野是否能够合格了，合格得可以被恣意地踏上，承受自己用力时的身体，承受嚣张的践踏和全副的信仰。

　　我也知道，只有文字才能虚构出它们。自始至终，都无法实现。有时也的确在匆匆中见过接近梦境的景色。无垠的草原或是宛如从上古时代留下的森林，庞大到你愿意被它吞噬、让它成为墓碑。但这些景色也多半是在一辆巴士上、一辆列车上、一架飞机上，十分简略地完成了照面，剩下的只能自己延续到梦里去，满是恨意地胡思乱想。

其实我从来也不欣赏那些毫无依据的鼓吹——放下现在的生活吧，放下工作吧，请去自由自在地追求你想要的自由。我从来也不认为在办公室里朝九晚五工作着就比背包客们低了几分。要不要去见识更广大的世界，本质上取决于每个人不同的兴趣爱好，它或许对有些人来说是终极目标，但对有些人来说，想要压上一生为筹码去追求的东西远不在此列。他们是两类不同的人，不存在高下的区别。更何况大多数情况下，可以一次彻彻底底甩掉包袱的奔跑，几乎都有另一个属性名叫逃避。

只是在工作中遭遇了巨大的挫折，而想借一个周末逃避。只是在生活里闯不出自己想要的名堂，所以想借一个夏日去逃避。只是恋爱失败了，想要从这个城市逃避。好像换了个地方，只要有山有水，自己的人生一下成了主动选择后的神仙日子。扭头便去嘲笑所有仍然在社会这个大机器中孜孜不倦操劳的人们。以为自己驾驭了那匹野马。

但至少我，从来不这么觉得。产生想要逃避的念头，有时会推开电脑，对着夜色疯狂地想象不存在的景色，不存在的景色好像是等了我很久，召唤了我很久，它们累积了很久的露水，在地下几乎都流成荧光色的河流了。树的绿、草的绿、云的绿和星光的绿都互相矛盾了起来，一种绿把另一种衬托得发了红。它们会在我脑海里急速扩张地被编织，在蛊惑我，去逃避一场。它们说那是藏在深处的真自由。

我知道这个世界上必然有完全的隐士。他居在人迹罕至的山中，过自给自足的日子，面对满眼的葱葱。对于这样的人敬佩，其实不会和自己的选择发生矛盾。你看我还是选择在百分之九十的日子里做一个朝九晚五工作的普通人，既要解决错误也会不断创造错误，会跟小贩讨价还价，会跟上下属们起争执，会为看到好的稿子开心，会有无能为力的缺憾，会眼睁睁看着它继续带来新的失败。至少我做不了隐士，我还是任由这个老练而毒辣的社会一天一天地培养成人。

也难怪，越是离得遥远，越是在想象中把它完成得更加真实。只要假想一下，也可以——极其广袤的绿色，在上面有一匹我的野马。我永远不会接近它，所以才让它享有真正的自由。

羽

汽车开过的是茫茫的一望无际的荒原。像被故意平均安置的仙人掌，每十米就有一株。更远的地方是雪山。太阳跃升而出后，世界变成了鲜血似的殷红，汩汩地，把站在地平线上的我也融成一个余情未了的小血泡。

如果说家乡、故园、旧土，始终有一根无形的脐带牵引在我们和脐带之间，那么唯有离得越远，越能体会到脐带被不断绷紧时从我们灵魂中拉扯出的不适和焦虑。平日里它宛如隐形，我们在熟悉的环境中过自给自足的每一天，好也是熟知的好，坏也是熟知的坏，因为太过了解而充满自信，就算它们会偶尔挑起一场背叛，但深深根植于内心的自信总能让我们坚信可以在自己所熟知的环境里迅速找到治愈的方法，我们知道哪里有三个可以容纳自己藏匿的巢穴，哪里有水源，哪里有甘草，哪里有爱人。

所以离得越远——只要离得越远，一旦离得越远，第二个端点开始不断延伸，让从我们身体里牵扯出的距离兴奋或慌张地被拉长，越来越长，它在干燥中失去水分，在严寒下忘记了爱人，又在波谲云诡的天地中如此自惭形秽。

是另一条街，另一个镇子，另一个城市，另一个省份，另一个国家，然后另一个宇宙，我们是原本被印刷在书中第二十七页上的名字，但这次却被浸泡到了一旁的柠檬水杯里。

"远"是一个相对的概念，所以有时候没有绝对的距离值来定义它们的是与否，只要陌生感愈强，便越是说明行程的远，于是也许会在下一个街角感到前所未有的恐慌，而即便飞入全新的海域，只要身边有令自己安心的人，依然不会有被流放的失落感。但那份因为陌生而激发的慌张、激动、不安与焦躁，脚步踏出却始终难以确定之后的道路是否变得坚实——没准就是我们正在冥冥之中所期盼的呢，安逸了一阵了，舒坦了一阵了，被闭着眼睛也能玩转的自己的世界麻痹得有些近视了，而在那时，倘若突然呼吸进彻底新鲜的冰冷的空气，让它们从肺开始，凶猛地在身体里搅一搅，让一些几乎要消失在那里的碎片重新浮了上来，古人是如何写出"山重水复""柳暗花明"的呢——突然一片崭新的世界，不温柔，也不客气地迎面而来。

扑在车窗上的，有腥味的泥点、脆败的落叶和虫子们的尸体。

偶尔来尝试这样一次，体验这样一次，小心翼翼地在新世界里看自己是怎么又变得渺小了，变得什么也不懂，什么也不会，什么也不知道。

看见不一样的山。不一样的水旁有不一样的房子。有的漂亮，有的很不漂亮，有的干净极了，有的很脏。看见不一样的街道，在视野里如鸽子背起伏，红灯一起变红，绿灯一起变绿，最后有夕阳慢慢关闭了这一整天。看见不一样的窗，不一样的厨房，不一样的学校，不一样的秋天，春秋和冬夏——和过去几十年里的自己，频繁比对出一个全新的感知来。

说不一样的话，听不一样的告白，被不一样地误解着，然后差不多到这个时候， 发现自己最后会紧紧握在手里的，最后那一根还带有余温的羽毛，它能帮我们一瞬复习到所有已经被遗忘的那些"熟知"。那些我们了解不过的山，了解不过的拥挤的街道，了解不过的方言，了解不过的油腻腻的刚刚红烧过茄子的厨房，了解不过的害羞腼腆不愿表达的爱人。

越是遥远的地方，他的样子越前所未有地清晰。

有时候抱着玩耍的心态，想在心里驾一辆突突突的小车，把自己送到很远的地方去。好像在那里就会有截然不同的风光人生了，在那里有自己所希望的样子，在那里等待自己的全是好风光，绿树红花衬托自己一张喜滋滋的面孔。我们的愿望不切实际地美好极了，又是要等真正上路后，会体味到之前从来不曾设想到的更丰富得多的悲喜。让人的表情渐渐冷静了，慢慢失去了空泛的笑容，变得端正而严肃起来。开始好好地思考一些巨大的词语，例如"生命"和"意义"。

从抛锚的小车上跳下，前面是恣意的荒野和无穷的夜晚，来不及采一朵小花，要满头大汗地将自己先营救出来，突然想好像又学会了不同的技能，手撑着腰站起来，额头热烘烘的，一哈气，是自己的热量在这片远方的冻土上，找到的暂时出路。

想去远方走一走。

或者正在远方的床褥里睡不着。

也可能是刚刚从远方风尘仆仆地回来。

"远方"是个参照性的词语，果然，它只在对比中，才能成立，在对比中，让我们意识到自己的另一面：一会儿脆弱极了，一会儿又格外强大，好像旅程的目的就是为了造访一下地球的尽头，在那里篡改一下时间的定义。

然后站在那里，等手里的最后那根羽毛重新温热起来。

必须是肉

　　一桩很大的事了了，费时三天也好，或者多半是一个月，三个月，甚至半年，往前看看，几乎之后的人生轨迹也会为之改改方向的，想之前多少苦，大概都是值得的，支付出去的精力，最好都是值得的，不然怎么对得住当它终于告一段落时的满足和空虚呢？

　　既满足又空虚，就是人在那个当下犹如天赋般可以取得百分百平衡的配比，会是很好的调料，太适合去蘸点什么。于是，在一场考试后，抵达异乡后，辞工后，转行后，业务完成后，朋友散伙后，心里的巨大的满足和空虚就呼喊着自己，"走吧，去吃一顿，吃顿带肉的"。庆祝也好，怀念也好，甚至是祭奠似的心也行啊。走进店里，空气里浮着一层再香不过的家常的油腻，桌和地没有完全地擦干净，走上去是后天形成的小股阻力，筷子垫在纸巾上，隔壁桌的菜已经上了，油花在酱色下有了天然的闪光，有人的眼镜片已经被热气涂了一层，这边的手指还在菜单上来回划，不是要什么，而是不要什么的饕餮心态了。

然后等片刻后，才琢磨起来，刚才还被那些笼统的词汇折腾得躁动不安的心情，已经完全没有了那些嗡嗡的声响。"以后"啊，"发展"啊，"抉择"啊，"朋友"啊，"敌人"啊，"会好吗"啊，"不知道"啊，都没了声音。自己恢复成一个犹如刚刚重启过的状态，只运行的第一项程序是，等着"京酱肉丝"上菜。

就是那么一心一意地，饥肠辘辘地。

我这种人，很难想象在一场带有意义的饭桌上没有半点肉。每年的年夜饭，在饭店里就有红烧蹄髈配一圈菜心，在家里吃，家长拿手的是自制的酱牛肉。换到再具体一点的非例行的日子里，人生第一次把房贷还清时，全家去吃了"我觉得还凑合父母觉得很贵"的泰国菜，量不多的黄咖喱鸡肉，最后是一点汁也没剩的，一家三口拿着饭碗在"碰杯"，庆祝得有些羞涩。有阵子离家远行时，走前和回来时的饭桌都可谓"荤得不行"，大鱼大肉堆得还像是旧社会的风俗，但就是肚子里装满了熟悉的味道，再回到远乡时打嗝都是伤悲的。

后来生活水平渐好，有了一丁点健康养生的意识，吃蔬菜不再像小时候那样要被人强按着脖子，打电话去必胜客结果最后也点了三个蔬菜，几乎不科学。但碰到点什么，开心的，不开心的，还是会上馆子点个肉菜，好像它是枚印章，由它落了款，才算数。这顿饭像样了，这一天像样了。

读余华写吃肉，许三观一家又饥又饿，所以出现了一桌菜完全是靠许三观用嘴"讲"出来的。许三观这样说："你最多只能吃四片，你这么小一个人，五片肉会把你撑死的。我先把四片肉放到水里煮一会，煮熟就行，不能煮老了，煮熟后拿起来晾干，晾干以后放到油锅里一炸，再放上酱油，放上一点五香，放上一点黄酒，再放上水，就用文火慢慢地炖，炖上两个小时，水差不多炖干时，红烧肉就做成了……"许三观听到了吞口水的声音。"揭开锅盖，一股肉香是扑鼻而来，拿起筷子，夹一片放到嘴里一咬……"一家五口就靠着他的讲述，从想象里越来越真实地被俘获，味觉信了，嗅觉信了，最后再回过来，让想象被自己的描述相信了。从一盘肉菜开始，文章带着所有的人开心地活了那么一刻，接着让书外的读者狠狠地揪心了一回。

如果不是写红烧肉，还真的不能想象是其他的。

讨论最本质最原始最单纯的快乐——的确，人是在不断地克制中完成了进化，压抑住的越多，留下的越是萧索和高贵的新面貌，再回首时，或者对茹毛饮血的过往予以全盘的否定。这种变化是好是坏，是不是必然，都由其他人去操心好了，我们在一场饥饿中醒来，在异乡的凌晨里醒来，在自己的失败里醒来，在自己危险的成功里醒来，想一次团聚、一次庆贺、一次回归，想京酱肉丝，想金华火腿，想菠萝咕咾肉，想水煮牛肉——就算中间也会岔出去想别的，老妈包的包子褶子比外头卖的还好看，便利店里卖的爆浆牛肉丸也不错，豆芽炒得脆脆的更好吃，然后筷子再回来夹一块红烧肉，有些时候它叫得更亲切些，"外婆红烧肉"。

一切都尘埃落定了似的，好起来，安安定定的，有了过日子的模样。

有点儿渴

出了什么新口味的饮料总要去尝一次这种事，跟"水乃生命之源"不怎么挂得上钩，单纯就是有一种近乎小成本冒险的喜悦。我想能了解的人大都能了解，站在巨大的冷藏柜前，隔着一排排玻璃门，看仪仗队式的站姿，一个个浓缩了对盛夏的集中提炼，它们都对自己深信不疑，"世界上最好的桃子"或"整个茶园的精华"，然后就是包装，是手握住时先渗出的一层水渍，是一排气泡遥遥地从瓶底追逐上来。视觉听觉触觉都已经被提前满足了，那么味觉的投降几乎是预料之中的事了。

罗列几件值得开心的事，值得开心的小事，那么"站在饮料专柜的玻璃门前"，至少是我必然会添加的一件，其实面对全部刚刚上柜的春装也好，面对自己收藏的指甲油也好，面对一架子的书也好，都是相近的快感，谈不上有多么值得深究，快感就是最基本而普遍的快感。就算到了异国他乡，未必每次都能进馆子饱尝当地的美食，但在超市里把生活在那里的饮料都尽可能地喝一遍，则是百试不爽的"体验生活"的招数。然后在行李里塞满了貌似当地最热门的橙汁，被一天中正午的太阳晒得七窍生烟时，差不多根本无须换气地一口就是一瓶。连最后要离开时，囤得太多的饮料还没来得及喝完，直到快踏上机场安检口了，撑着旁边的扶手把它们全部解决掉，番茄汁、苏打水和一罐啤酒，整个肚子里都要翻江倒海了，但等过了安检口，又忍不住在机场里面的商场里买了一瓶之前没有发现过的当地可乐。

实在是好不了了。普通的胃，对甜点开放的胃，以及第三个面向饮料的胃。

以前特别喜欢名叫果珍的冲泡饮料，冬天里人手一罐打开就是冲得异常的橙子香，似乎要从窒息的高三教室里抢救出最后一点温情的感觉，但那就是我对当年格外难忘的记忆之一了。住宿生里三三两两地分出邋遢和惊喜两种人：一种每天早上都要仔仔细细冲一杯热牛奶，另一种用勺子就挖着可可粉干吃的。到了体育课结束后还是不约而同地奔赴小卖部找那个名叫汽水的同一位亲戚。轮到逃夜的日子里，死活撑到了精疲力竭的黎明，等来对面豆浆铺热闹地开张，几乎就要用含泪的眼眶望过去，哪怕是兑了水的豆浆，但喝进肚子里都是家常的朴素好处了。站在路上茫茫然地就要想一想自己是怎么个回事，现在是怎么个回事这类沮丧的话题。

移居到异地他乡了，走进小店里朝货架上扫一眼，所谓的地域差别居然还是那么大，本以为理当占领了全国的某些饮料品牌说到底只是自己家乡的地头蛇罢了，不然哪里会在这里看见那么多的生面孔？喝一口，果然是差别巨大的，是自己被它驯服还是终究驯服不了，乖乖地滚回老家去，只有未来知道了。

终于有些尘埃落定的意思，不会那么轻易被琐事动摇到了，没有那么些可以随便质疑自我的故事，饮料就成了最基本的、最简单的饮料，和它们有关的也只是最基本的、最简单的快感。漂亮的包装带来的快感，系列化的渐变带来的快感，冬天里喝"推荐热饮"时的快感，夏天里旋开瓶盖的刹那的快感。有时候跑了一公里的路，嘴里的那点儿渴已经被放大到极限了，让血腥味儿一点点蒸干的细胞壁，有了灼伤似的粘连，动一动都是更大规模的伤残，这个时候，如果等到了一罐饮料，就会明白其实广告里拍摄的那些特效镜头，根本也谈不上夸张。

不知为何"爱喝饮料"这件事总让我觉得很年轻，是很有活力的，带点很爱没事找事的八卦习气的褒义调调。也是，因为一个饮料的名字，一个饮料的颜色，一个饮料的广告语，一个饮料的代言人，我都能叽叽喳喳地对它评头论足打个分，又恢复了小时候披着床单给玩具们划分属地的样子，然后就在没有其他人知道的情况下，自顾自地心情好了起来。大概赶在我们整个儿身体之前，饮料已经有一部分得以周游过世界。托饮料的福，我们得以享受最好的，最好的桃子、芒果，最好的来自雪山的水、来自赤道纬度的水，最好的来自春天的播种、来自秋天的收获。

姑且一信，听身体打个赞同的饱嗝儿，它还是一如既往地容易快乐。

花的告白

　　十多年前住的地方，远离市中心，房子到后来旧了，外墙面的水泥也一块块地剥落，原本是还算好看的各种黄色、红色或者绿色，都掉落出了自说自话的放弃模样。各种地方都开始随便起来，装生活垃圾的塑料袋有时候能在路边堆两三天，人走近点，轰一声西瓜皮从黑色变成了粉白。但我仍然觉得那会儿住的地方挺好的，因为每到夏天便开始了，一丛丛的绿影开始冒出真实的香味，非常具体的香味，赶上雨天就忽然诗意了起来。住在二楼的话，开窗户能直接看到，白色或者略微泛黄的茉莉花瓣，十多年前更容易思绪泛滥，忍不住觉得站在窗边的自己适合配个影剧似的慢镜头，外面的观众闻不到花香，但能从演员的表演中一点点被感染，花香妖娆了视觉里可见的一切，使整个原本稍显单薄的夏日忽然立体出了新一层的感官体验。

　　雨天或者夜晚都好，夜晚了推开窗反而要关掉室内的灯，不然容易惹来向光的飞虫。什么都黑漆漆的，对面楼里一家客厅一家卧室一家厨房看得也清楚了点，有时候还能听到点声音，谁正在楼上或楼下同样开着窗说电话。然后赶着暗影，花香就完全肆无忌惮了起来，鼻子在那时候成了主角，直到用力吸一阵，吸一阵后终于被彻底麻痹了，再香也闻不出来，成了花香的一分子，也有泛黄的花瓣，可以盛半勺大暑里的雨水。

我老觉得自己是喜欢树多一点的那种人，非要刻意建立对花没什么兴趣的距离，但轮到了重大的节日，路过街口的花店，花开得真好啊，被照料得真好，蓬蓬勃勃的一大丛，美得确有其事，最后还是摸出钱包把花捧回家了。回家路尽管因此而难走了很多，不到一周后就会要把枯萎的它们收拾走，但那中间的一个星期，好像过了个和往常不同的人生似的，真有了那么隆重的仪式感。

读书时的学校，有名的是校舍前的两架紫藤花，葡萄似的嘟噜噜一串串挂着。暑假返校，遇到门锁了进不去，大家都在花架下挤着，脸上肩上明明暗暗，任凭花去够了，写下来也是很有画面感的。

　　同样地，也记得小时候看电影或电视，对里面常常被主角小时候找到的一个秘密花园印象深刻，可惜自己当时生活的环境太不给力，顶多能发现从某家墙头越狱而出的一朵喇叭花，离真正的秘密花园还是差了很远。到后来十几年过去，在国外好像随便都能发现，因为人烟稀少，所以花可以自己做主，挑了个好地方，就茂密地繁殖，茂密地成为一片家族，茂密地连绵，让风吹落雨打落。那种时候，又觉得人类本身就离它们很远，人类和自然都离得非常远，离花必然也同样。

　　被精美栽培的花，被遗忘的花，好在它们从来不会知道有人类的存在，它们只是开和谢，像圣经中那句"出来如花，又被割下，飞去如影，不能存留"。

　　有花开在树上。木棉们，很大的一朵朵，开得沉甸甸；上海的玉兰，花瓣倒更像某种叶子，有些忽然就发紫了；樱花比较特别，一出情绪浓重的悲剧。更多花就只到膝盖的高度，可以任人在其中忘我地跑一跑，然后裙摆上染满了雏菊的或者油菜花的或者郁金香的或者玫瑰的痕迹。当然还有更多花无法归类，散落在整个地球的生态里，不屑于被人类驯服，有些也许忙着对外太空发射电波，有些如果最终连成片就会在海洋里融化成金色，有些在另一个智慧的维度里。

回想以前每年夏天在窗台下如火如荼的茉莉花香，没准它曾经打算要告诉我点什么。它不惜入侵所有可以入侵的梦境，在里面突然形成一阵安静的风暴。可惜的是我永远都没能发现，风暴中间有一朵发光的花，我还是在每次醒来后，就像每个普通的人类一样忘了它。

享受痛

喜欢吃辣的人，或许多少有点自虐的倾向——有时我会这样想。

自己也不是一开始就喜欢吃辣，因为地域关系，很早吃的都是偏甜的食物。当时整个城市的人大都陷入在这种追求享受和甜蜜的尝试里，"甜"成了人生中不可缺少的宗旨，于是什么都要往里加点糖：炖个蛋加点糖，炒个青菜加点糖，让从北方来的客人在拿起筷子后露出一副尴尬的笑容。但生活是甜的呀，甜是一种很好的期望吧，主人们希望自己的简单心意能够传达。

所以是从哪个具体的时期开始，忽然之间，城市里冒出了许多崇辣的馆子，不止在这里，其实它们同时已经布满了整个国度。原本很少和辛辣接触的舌头，在第一次尝试到未经改良过的，原汁原味的"辣"——大汗淋漓，鼻涕和眼泪，擤一下吧，沾了辣的手指又不小心带来二次伤害。原来吃辣是这么有攻击性和冲击力的体验，所以最初的结论往往是"不会吃了"，只不过不知为何，这个鼻涕眼泪下做的结论，后来加上了时间限制："暂时不会吃了""这个月不会吃了""这周不吃了"。终于这周过去，真是漫长又毫无滋味的一周。原来日子的确是被耗费的，没有价值和没有意义的，人生充满了不值一提的平庸麻烦，味如嚼蜡。于是，在"味如嚼蜡"四个字浮现的同一时刻，另一个需求便被同时释放出来，它那么刺激又粗暴，直接而爽利，痛快的同时带来折磨和享受，它是怎么做到的，真迷人……那么赶紧，从平庸中短暂摆脱的最简单方法或许就是再来一顿让人丧失理智的辣。

后来我听到科学解释说，与咸甜酸苦不同，辣从来不和它们属于同类，它从来不是一种味觉，辣和痛才是由同一类神经传递的感知。原来如此，它果然有这样的先天优势。比起人类对味觉的后期体验，痛会是更加根本的，它提醒危险、发出警报，来来回回都是和生存死亡有关的一个字眼，而它有个同胞兄弟，被人们后来误认为是一种只以舌尖为主要活动范围的感受，可原来并不是。难怪人最常在吃辣时发出"爽极了"的类似评价，因为它的确离我们的本能更近，它制造的也是高潮也是困难也是忍耐也是伤害，也是一种失败和一种胜利同时混合的滋味，只在辣的这个字眼下。越辣越激发一种对抗心，脑袋冒烟，后背汗淋淋，嚼蜡一般的生活至少在此刻是被化解的，被一场在舌尖上的矛盾所化解。

那么吃辣的人，大概都有那么些自虐倾向吧。这种自虐用到眼下会是褒义么？也许，我们还在不断从各方面挑战自己的极限，大的也好，小的也好，确认自己的忍耐力，拼出直观的汗和眼泪。而与此同时，整个饭馆里都蒸腾着让嗅觉讨饶的香气，每个辣椒在高温的油里悠哉地游，一盘盘不明世事的黄喉或豆芽，不知道此刻正在发生着什么。

此刻正在发生着什么呢？藏在每一个话题后的人，正聊那个讨厌的同事、那部难看的电影、那个又失踪的邻居，已经连续脱了两件衣服了，现在穿最薄的衬衫，头发也已束起，但再多的冰冻乌梅汁也没有明显缓解舌头上的痛苦。那么要暂停么？当然不行！要知道这可不是什么简单的一餐饭，这是自己赋予人生意义的战争，当它答以"重麻"，自己必然不能甘拜下风，而是要用更响的嗓子喊回去，"还有重辣"！

春天的恋爱

早春还是冷，一夜之间地面又被刷成粉白，黎明时的一只流浪猫身上沾着从上一个冬天里存活下来的果叶。它还留有自己可以借此变身的希望，如果真的能够实现的话，它希望变得轻盈起来，最后舒展成白色，去天上会一会那朵和自己聊了很久的云吧。

春天就是这样慢慢地、慢慢地融化：一层坚冰宛如甲壳似的藏住湖水，坚定又紧张地不容自己有一丝疏忽，可融化依然开始了，就在它反射着复苏的葱绿、回归的幽蓝，反射着一连串喜悦的自行车铃声，反射着一前一后两只田鼠的影子，反射着太阳的时候——太阳的力量是一瞬之间改变了么？首先照耀到了湖水而不是它这一层甲壳的冰面。背叛是从湖水开始的，是它劝服着自己。它说，没关系、没关系啊，因为春天就要开始了，春天是可以醒来的季节，是可以去尝试，去犯错，去闻一闻倾覆的危险味道，又有大片花丛来迷惑的季节。

春天应该是恋爱的季节。

虽然仔细想一想，其他时间里——夏天的恋爱充满了困惑和苦恼，有时候汗水也伴随绝望，被蒸发的理智没有留下任何信息；秋天来了，整个人冷静下来，走在路上整个人重新挺起了背，脖子也傲慢地举起，看见挺拔的银杏树群，忽然起念试一试这样辽阔地去体验一次新的情感，凛凛地爱是什么感觉；而当冬天来临，冬天提供冷或暖两种极端的内心体验，要么淡漠地蛰伏起来，收集呼吸的白烟，要么拽着一团雪似的拽着对方的手，看掌心被冰凉刺激得却发烫——其他时间里的恋爱也仍然在，仍然发生，仍然各有滋味。可春天依然是能够被赋予象征意义的开始起点。和第一场过敏同时开始，不仅是鼻尖周围，也在心口的某个地方，知道自己在那里苏醒，苏醒的是对新鲜的好奇，对捕捉的欲望，对占有的冲动，对依赖的贪恋，它们会很快无处不在的，讯息布满所有地方，让人忽然把一朵花放大了看，把豪雨缩小了看，把某一个人忽而放很大忽而放很小地看，没完没了地看，有时候不得不盖住眼睛一下，但他还是出现在一片闪烁着雪花斑点的黑色视界里了，他是在没有信号时也依然会有影像的人。

春天是应该恋爱的季节啊。

去和他说话，不去和他说话——也只有自己明白这和"不去和他说话"之间的差别了。他是个爱喝饮料多过白开水的人吗？是沉默寡言还是没有一刻停得下来的顽童？他或许已经在那里良久了，经历过了许多个季节。夏天里他有些蔫蔫地在椅子上看笔记，秋天里他把外套甩在身后，冬天里他穿六天的黑白灰，剩下一天穿令人印象深刻的橙黄，于是那片颜色一直留到春天，会一直记得的，一直到春天也记得。

那么就把春天作为一个开始吧，很多重大的开端都选择了春天作为开始啊，转换跑道的时候，踩着从冷至暖的晨光，沿路里周遭徐徐地绿了起来，颜色逐渐丰富，阳光最后是橙黄色的，在心头投下一个有模样的光斑。那么就朝着这个方向跑去好了，知道恋爱会是心酸的事，会是辛苦的事，甚至会是毁灭的事，但谁让它选择了春天作为开始，一切都有了宛如完美的开端。

魔法一样

路边的水果店忽然多了起来，进入初秋的缘故吧，它们默默成了各个小山头之王，一点点把水果铺伸出自己的店面，舐舐着夏末后燥热的空气。舌头上是什么，菠萝，杨梅，橙子，荔枝，葡萄，大肆快活的味觉在面无表情的行人中间悄悄渗透，于是谁先第一个瓦解呢，第二个人接着瓦解，输给了在这场季节变动中率先掌握主动的水果。他们原本要回家的脚步停了下来，拐个弯进入了严密的包围阵型，四面八方都是诱惑啊，四面八方去投降吧。输给也许是夏末时分最愉快的一种诱惑。

路灯下有重重的花露水味，一张张竹凉席被摆了出来，今夜有风，月光也好，整座城市点燃橘红色的云，它们花瓣似的撒满了天空，然后抱在手里的半个西瓜猛烈地在表皮上出汗，让小孩子两手都湿漉漉。西瓜的味道会不会是童年记忆里最好的事物之一？是从什么时候开始知道了要把正中间的那一口留给自己最爱的人？"最爱的人？"小孩子懵懂地挠挠头。勺子已经渐渐把西瓜挖空，留到最末的那一轮，往往是做父母的接过来均匀地刮一层，红绿相间，半透明的最后一层薄薄果肉又重新把底盛满，那也是很好吃很好吃的部分，没有籽嘛，清爽嘛。"要不要把这部分也分给最爱的人呢？"小孩子还是不太明白。

　　大概要再过一会儿才会有别的关于水果的概念，等开始和其他同龄人一起住进学校了，等到开始踏入社会自己生活了，知道水果会是比日常三餐稍微高级一点点的东西，是得有一点点余裕才可以去计划的部分。它有时候代表了从良好家境中被抚养出来的大小姐，她两枚手指摘下的葡萄那么碧绿，看起来就是好吃的，但她依然不急不慢，还要再剥去外皮，明明皮也可以吃的嘛，看得人急死啦；有时代表了在健身房中大汗淋漓后的年轻上司，男生回到厨房，打开冰箱里事先切好的甜瓜或香蕉，这一点点褒奖会让他不那么辛苦。

　　又或者还记得去豪华的酒店里住宿吗？每天早上明明是那么不能起床的人，但想到早饭，还是会一反常态地赶在时限内去到餐厅。其他都很好，炒面、粥、叉烧酥，但最后收尾的水果却为什么总是格外美味的样子，就算不是多么名贵特殊的品种，却又大大地事先把一整天愉悦完毕。

此刻水果离我们的距离比早年近了许多，还有更多漂洋过海来的西柚、车厘子，手掌大的"恐龙蛋"，到底本名叫什么来着？它们离我们那么近，街角，每天回家时都会路过。是想念它们的甜味，想念它们饱满的口感，想念一个仿佛无忧无虑的傍晚，想念就着它们看完的动画电影，想念它们在唇齿间那么活泼的掠夺，还是想念一个被形容成苹果的姑娘，或者一个用苹果来形容你的男孩？

从种子开始，到落地生根发芽，开花，末了终于有一颗饱满的果实，把它摘下来，然后中间那口最甜蜜的部分留给某个人。这是他（她）一定会察觉的魔法。

玫瑰色的傍晚

今年夏天，城市遭遇了罕见的高温。第一次听到蝉鸣原来可以爆发到这个程度。反倒衬得行走在树下的人都静悄悄的，静悄悄地让高温熨掉了生气，也许面对那么狂热的时刻，反而让自己的生命特征都暂时消失才是合适且安全的，一旦拥有了活着的意识，难免被这疯魔般的夏天煽动，想要做点什么不一样的事。做点什么不一样的事呢？

一觉居然睡到了下午的五点近六点，这生物钟乱得。我的睡眠几乎每过七天就会自动进入一个新的时区。单纯的熬夜早就算不得什么了，早上六点睡下午两点起应该被归纳为一种合理而有序的状态，遇到这种中午十一点睡，下午五点起，或者更糟，下午三点睡，夜晚十一点起的作息，醒来的第一感觉是难受。

回到这个下午，五点半近六点睁眼。因为卧室垂着遮光窗帘，质量过于好，拉严后房间接近漆黑，"伸手不见五指"，所以很多次，从不着调的作息里醒来，都会不清楚到底是白天，还是晚上，甚至有些时候，一时想不起自己在哪里——这得归咎于先前的频繁外出。因此在这天，用脚把窗帘扯开一条口子，在两面浓重的黑色中间，照进的居然是紫红色的光。再把窗帘扯得尽量大，我躺在床上，仰望着一片玫瑰色的天。

不清楚是白天，是晚上，也不知道自己到底身在何处了。

过一会儿发现玫瑰色的天居然是活动的，它在朝前缓慢游动。继续观察下去，知道玫瑰色的是那朵过于巨大的云，因为它露出了身下泛蓝的天。云被夕阳照得变了色，在每个人的头顶一不小心现了原形。

是不是一个额外的馈赠气象局用很科学的口气解释，那些日子里，频频出现在傍晚的玫瑰色天穹，空气温度、湿度、水分，日照角度，等等等等。车行进在高架桥上，难得希望交通不要那么畅通无阻，稍微缓一缓是好的。高架一侧耸立着巨山一样的云，颜色在金黄到瑰紫之间变换。过往这样的画面太罕见。常常只是灰和蓝之间，偶尔的变化是风卷来了黄沙。雨下得车窗落满黄色斑点。再熟悉不过的尖顶大楼，公寓群，房地产广告牌，一个似乎无人乘坐的摩天轮……全都得不到多一眼的停留。它们淤陷在平凡无聊的日常里，平凡无聊的日常源自一个更平凡无聊愁容满面的自己。

所以当她突然露出吃惊的神色，不停地要扭头去看窗外，过去几乎没有垂青过这个城市的色彩，在这个盛夏的傍晚犹如神的衣摆一样降临。它们潮湿滚烫，又浓烈饱满。比昨天、前天，比过去的每一个夏天都诡秘而迷人。所以，所以，所以，要不要做点不一样的事情？曾经没有想过，曾经惧怕后果的事情？在这样的夏日里，突然有了成立的可能。既然整个背景都已然宛如童话，肉眼可见的幻象自东向西遨游，它是蝴蝶也好，仙鹤也好，鲸鱼或者一颗苹果也好，那我们是不是有可能写一个完全只在童话中成立的行为。

"她在玫瑰色的天空里，走向了被诅咒的城堡。"

亲爱的

在外待了近一个月后回家，家里已经飘浮着一股良久空置后的霉味儿了，要开窗透气，要开电脑制造"活力的"声响，行李箱就先不收拾了，反正很快又要走，敞开肚子躺在客厅里吧，那儿已经成了固定位置。发呆，洗衣服，处理工作内容，收拾相机储存卡资料，一晃眼就到了半夜，饿得头晕眼花，打算去附近的便利店买点吃的，拿着手机下楼，店就在一百米开外的十字路口。揉着眼睛打着呵欠出了小区门口，朝前方看的时候，突然发现那个永远亮着的便利店招牌灯带居然是漆黑的，十字路口没有了它那标志性的灯带。一点儿也不夸张地说，我那个时候真的"五雷轰顶"，稍微夸张一点儿地说，就宛如电影里的角色，跌跌撞撞朝灰飞烟灭的故居跑过去那样"激情饱满"。

结果呢，我跑了两步，看到什么嘛，因为没戴眼镜，原来是进货的大货车停在路口，挡住了便利店的灯光而已。它还好好地在那里，一点儿问题也没有。和过去每个日夜一样在那里。它没打算离开。

你有没有过，察觉自己对便利店倾注了过分感情的那个瞬间？

那个瞬间伴随着对整个生活的观察和质问，强烈的寂寞感，先是寂寞，随后是非常非常温柔的安慰。这个城市，半夜三点，或者清晨四点，天上的星星撒得像不要钱一样，又或者浓重的雾霾覆成噎人的围巾。这是工作日，这是工作日结束后的周末，自己还有许多事没做，自己的人生还有一个过于伤感的愿望怕是永远不能实现了——而后穿过路口，穿过洒水车的歌，穿过扫地大叔的滚滚红尘，去光顾一家 24 小时便利店。

不自觉地会在那里多逗留一会儿吧。等到将来的某一天，回忆那个当下的自己，穿校服刚刚放学，直冲到店里买一份关东煮。第二次穿高跟鞋，磨脚成灰姑娘的姐姐们，去便利店寻找纱布和 OK 绷。或者很颓丧的一张脸了，挂着成年累月熬夜后的黑眼圈，走进店里的一瞬居然想不起要买什么。失恋的时候，特别冷静地挑了五支巧克力冰激凌，出了店门居然一口气全部吃光，心想自己真是太蠢啦。

而后这些片段，每隔三个月、一年、五年，零星亮起，一瞬就隔出了银河般的距离，让人看自己怎么生，怎么老，怎么平淡无奇，怎么充满希望。

自从搬离家开始独立生活后，这十多年里，便利店是自己光顾得最多的场所。雷打不动，至少一天一次。有时出差去别处，倘若落脚的宾馆对面就有一家便利店，那一切烦躁和疲惫都不再成为问题。宾馆房间又小又带着怪味也一点不成为问题。

我爱便利店像爱一个家人。不仅仅是解决我的麻烦，照料我的生活。它早已成为我生活的组成部分，它成为我碌碌无为的一部分，成为我斗志昂扬的一部分，成为我悲伤的一部分，成为我打着哈欠伸着懒腰踩着拖鞋的安心的一部分。它让每一天多了一个构成，它知道每个进店的人，把自己的日子怎么过得很碎很小。它亮着的灯在一个又一个路口边，等下一位孤单的客人。没有什么人会时刻揣着名为"人生"的宏大词语，每天都由鸡毛蒜皮的念头构成：饿了，好困，想吃口甜的，想吃口咸的，想喝咖啡，需要碳酸的刺激，啊该交电费了，什么时候才能完工啊，怎么还不给我短信回复，他死了吗，五分钟内不回就当他死了，不行我还得去吃口甜的……

它知道每个人的人生，像黑夜里一直明亮的眼睛，注视路口四面八方的心事。

Chapter 3

/

我 喜 欢 你 吗

交易已完成

上海有两个宜家，这事我居然直到上个礼拜才知道。因为最近的宜家里缺少我需要的某个货物，网上查了一番只在那个遥远的宜家有。还真是挺远的，看地图的话，过江又下桥，可也没花多少时间犹豫，有天下班后就这么当机立断地朝那里奔去了。大概的确是受地理位置所限，客流少了点，但好像是为了专门招揽客人，准备了一些只在这里才有的东西，因此过程算是愉快，也轻松。取完货，排完队，把两个非常笨重的框子搬上车，到此刻就不由得心情好了起来。

我跟朋友说，最近一阵子能够接在"好开心"三个字后面的似乎只有"买到了"这类理由。非要找点浅显的原因，搞不好又牵扯出当今社会在经济面急速膨胀时，人心的空虚体现在只能以最粗俗的物质来追逐——这种很屁很屁的论调上。但买东西总能让我开心，让很多人与我一样开心，这份开心甚至永远是百分百的，掺不了什么杂质。哎哟我的妈，若说这是某种程度上的堕落，但在没有更明确的道德指向让我要往那无欲无求的彼岸去时，我还是愿意做个天天刷一次淘宝，每周买个乱七八糟的什么，开车去很远的宜家就为了一定要买到那个和书房相配的框子，然后在回来的路上，看高架上的灯光几乎是配合着车内的音乐节奏一盏盏落下——我一定更愿意做因为这些事而开心起来的人。

又扯到星座上，虽然身为金牛座，我总觉得有一项最大的误会来自车田正美笔下创作的人物形象，而紧随其后的第二大误会就是金牛座都很抠。我一贯坚信自己大概是方圆十里中最不抠门的人，看我赚多少花多少的恶劣态度就知道，明明就是抠门的反义词嘛。而和朋友聊起来，就慢慢地擅自引申成，金牛座并不是抠门，相较这个偏颇的定义，只是更趋向实际和物质，因为物质能够给他们带来最大的安全感。于是我拼命点头，对对对，我花每一分钱都是为了让自己更有安全感！家里囤了山一样的餐巾纸、山一样的衣物柔软剂、山一样的沐浴露和山一样的身体乳——好多好多山一样的……犹如随时准备迎接世界末日的到来，这样我至少能在窗外飞沙走石暗无天日时，靠自己的储备过上不仅是得以维生的而且是继续小资的继续香喷喷的小日子（还好也囤了山一样的咖啡和泡面）。

我们家的美术总监 TREE 少女，在她还没有来担任这个职务前，我只是作为寻常的朋友看了她的微博，里面她写过一句话，我到现在还可以随手拈来地想起，"培养良好的美感，就一定得舍得花钱尽量买些好东西"。那个时候微博还没有按"赞"的功能，但我心里一定是双手一拍，"啪"地给了她好评吧。其实我真那么想，最后组成了我们生活本质的，决定了我们生活态度的，造就了我们的生活的气质的，永远是那些我们买来的"无关紧要"的东西，"不买也无所谓的"东西，"不买不会死"的东西。但最后是由它们决定了我们过着怎样的日子，我们是过得好或不好，漂亮或不漂亮，悠闲或不悠闲。

当然，我这类言论如果放在还没有经济独立的年轻人身上，搞不好会被认为是炫耀甚至是一种糟糕的误导。但至少眼下我的确是靠着这个念头建立起来的激情，每天都能激情澎湃（也许有点夸张），那就，每天都能积极向上地工作下去。所以，为了让自己生活得漂亮，请大家都要充满干劲地工作着。

过了一个周末回到家，打开门的时候闻到一股有些淡弱的香味，开始没有在意，喝了瓶咖啡，剪了一束花的叶子后才想起来，哦，那是我之前买的樱花味门挂，很小一个，圈成环形，之前顺手挂在架子上的。

多少钱买的，忘记了，反正那时搞了四五个来。买的时候心情挺好的，但真正心情好的时候原来是这时，站在玄关前突然闻到它的香味，想到"啊，看来买下它是对的，买下它的我做了个正确的决定啊"。然后就认定，我可以为这样一件微小的事，给自己贴朵受称赞的小红花。

交易已完成——我不称赞过度的消费，在自己的能力范围里才是最合适的，因而同样，我大概不能完全感受"不爱购物"的"理智"，但大家都选择了不妨碍他人的生活方式，所以大可各自过自己的日子。然后想想原来自己是从"消费"里获取了传说中的正能量啊，真了不起，不知这是从哪里推算出的歪理。

之后想去买点什么呢？有两本看中了很久的写真集，一支羊驼造型的圆珠笔，轻松熊出了新款的隐形眼镜盒（希望比之前出的好用些），四叶草味道的香薰油（那是什么味道？不知道，想买来试试），匡威与别人合作出的波点运动鞋。

唔，心情真的会变好。

拜拜肉

午后我从教室的后门偷偷溜出来，急不可耐地跑到了宿舍楼下的小卖部。作为尤为安分的店铺，它压根也出售不了什么了不起的食物，大多与"美食"无关，仅仅具有"解馋"或"饱腹"之用。当年还很走红的3+2饼干，奥利奥倒是多年屹立不倒的，还有油炸的薯片，锅巴或者兰花豆，以及一整袋一整袋的面包。我的焦灼几乎没有暂缓，从架子上抱走了也许有十几种食物，然后连找个地方的心思也等不及，把塑料袋挂在手腕上，边走边从里面开始拆出饼干或锅巴往嘴里塞。而这个过程大概没有半分间隙，没有空当，没有休息，从嘴巴开始被填满起，往后一直到买下的全部——全部面包，薯片，饼干，肉条，非常"三无"、硬得根本谈不上"好吃"的兰花豆——都被我以近乎疯狂的速度塞进嘴里。多年后我从电影《被嫌弃的松子的一生》中，才得以看见，也许是和那一刻的自己极其接近的画面。粗鄙而丑陋，身体臃肿庞大的松子，披着褴褛的衣服，在楼梯上下时，两条腿因为并不拢而外曲着。那幅画面让我想到了曾经向"暴食症"寻求安慰时的自己。

青春期里什么都来得迅猛而缺乏逻辑，并且没有任何预兆。也许今天你是欢欣鼓舞的，明天就会被什么仓皇地打败。一旦有了试图对世界发出诘问的意识，没等自己摆出傲慢的样子，就在溃败的残局前反被将了一军。而能够在那时站在自己身边的所谓战友，很多时候他们甚至比不上一部动画或一本书能理解和支持自己。然后我想，"食物"大概也一度被纳入了其中。

人的欲望——包含在其中的"食欲"一项，大概从没有比其他的欲望低等一些。对物品的欲望，对情感的欲望，在某些时候，也是要对食欲俯首称臣的。或许正是因为食欲的解决是最最简单与方便的，没有门槛，和要去扫荡下所有的名牌包，要去摧毁爱人的意志还不一样，食欲可以不容置疑地要求你参与和它有关的问题。如果有人体会过，在极端的情况下，你干脆可以直接听到它在自己身体中成功腐蚀的声音。它把人的身体自内而外撕扯得很大，让人在支离破碎中感觉到巨大的充满了焦虑的惊人的空虚。宛如获得变身形态的饥饿感发展到毫无尽头，像扯着脚踝的石头，让包围自己的是越来越深、越来越黑暗、越来越不可测的海，原有的理智和判断力在其中是浮尘般微不足道的生物。那么随后就来了，不断地不断地，充满了"填"和"塞"的魄力的喂食行为，就成了那个当下唯一的办法。

大概我很难简单地去说"减肥"那件事。女孩子，或者男孩子，对于外在的追求自始至终都可以被认同为向上的好事。无论过程中会有怎样的沮丧或挫败感，自我厌恶的心情犹如随时来串门的亲戚，每天都来和自己交流一下，"为什么我会是这样"和"你就是这样"，全是不健康的话题。因此我每每回想起从小到大，长长短短，主动或被动的"瘦身经历"，还是很难越过在和暴食症遭遇的那段日子里，人可以从"进食"这样一个活动中，获得远超过自己预期的，几乎能够动摇人生存意志的罪恶感。抗拒它，忤逆它，却同时又每每寻求它，从它那里获得短暂一刻放纵被完全允许时的——我甚至想称它为"温暖"。你知道的，于飘摇风雨中，找到一个由泥块和纸屑做成的潮湿而肮脏的巢穴，同样会被自己当时的凄惨心境膜拜成天堂。

过得不好时——大的压力，小的挫折，不被承认，无法得到圆满的希冀，它们变得越来越重，因此如同始终是在憋着气一般，忍耐不断地持久下去，最后换来的就是长得几乎能够反噬下全部空洞的一次吸气。吃大量的食物，不愿意和他人接触，认为自己是一切失败和不堪的集合体——过去、现在和将来，这个世界上都会有很多遇到类似处境的人。

那么，后来呢？他们后来怎么样？

我想说，曾经和我发生交集的那个阶段好在没有持续很久，就如同某天早上醒来，发现它留下的还没吃完的一袋薯片那样，它很匆匆但却是真正地走了。茫然中自己连惊喜都很难完成，走到镜子前看一看，衣服逐渐变得合身，皮肤也从挣扎中好了起来，外面的风吹得舒服，那个时候有了久违的念头，"想出去逛个街"。

哪怕是最近，每年都会和朋友们一起插筷子结拜，说三月啦可以开始减肥啦，啊已经四月啦再不减来不及啦，什么已经五月啦，好那吃完这一顿我就开始减肥，怎么一转眼六月了，没关系还有机会，七月到啦，那么热自然而然会瘦的吧……"减肥"这事成了一桩不用那么珍重地可以半开玩笑地去做或不做的事，有时一旦忙碌起来，自然而然就发现裤腰又空了些，于是到这个时候，我会想起在读书时的有一年，"进食"这件事对我仿佛是决定了我能不能是个正常的、普通的、值得活在这个世界上的人一样，那么严重而深刻的问题。

把所有不快乐宣泄在食物里，换取短暂的思维封闭，和随后更长时间的痛苦。——好在，我想说，这样的阶段，终究和人生中其他我曾经受到过的困难一样，它们过去了。

这个世界上没有什么能够是永远的，在此刻它是一句多么动人的话。

一开口已是
"还记得十年前——"

请快点成为骄傲的、空虚的、淡漠的、性感的、苦闷的大人吧。

她终于完全成为这个世界的一分子了，所有那些曾自以为的"格格不入"原来也都是入世中的一段安排，她被全部淹没，属于这个世界的水会托起她的衣袖和头发，让它们柔软而飘散，并呈现出挣扎的体态，她是在一段挣扎和一段放弃中间反复地来回了，到后来终于发现身体已经在其中出现了温柔的融化，她要生长出属于这里的新的鳞片。那么，她干脆放弃回到岸上的想法，朝更大的海的世界彻底地扎了下去。

岸上是还穿着踏脚裤的骑着车的少女，和一本被翻到半路、把无花果包装袋夹在里面当书签的漫画。岸上是童年的光，是少时的尘，是十年前的一天。

　　还记得十年前——话问出口，大都要先计算一番，十年前，自己是几岁了？有时候记忆会擅自将它夸张化，好像十年便是一番彻头彻尾的新天地，不仅自己，连这个城市、这个国家和这个世界都是彻底的新样子。但仔细想想，十年前，也早就是网虫了，不过那时下载速度赶不上现在，而"网虫"也是个老在十年前的词语，现在没什么人用了。

　　怀一段十年的旧，长不算长，短也不算短，但仗着这个数字，总会有些更深的、更隆重的含义了。认识十年的朋友，住了十年的地方，持续已有十年的习惯，或者，已经失去联系十年的朋友，已经搬离十年的地方，以及十年前还有的习惯——十年前大概每天都要和住在隔壁的朋友在放学后去奶茶店买杯烤珍珠奶茶。她梳一条很好看的辫子，公交卡套的背面贴着喜欢的偶像照片，你对那个偶像没兴趣，但看见上面沾了东西仍然会立刻上去帮忙擦干净。现在她在美国有了家庭和两个孩子，一度还比较频繁地更新网页上的照片，最近大概是忙了或者失去了兴趣，也不太见得到她的照片了。再想想，你上一次给她的照片点赞也快是半年前的事了。这是你们最近一次的"交流"。

　　都迅速成为骄傲又空虚，淡漠却不失性感，而时刻与苦闷为伴的大人。

　　十年就是从一个世代跨入另一个世代，说新的人生，就是新的人生，完全不为过，仔仔细细地想，会觉得好像也没怎么变吧？真的没怎么变，自己不还是如同过去那样，面对生人多有不适，但又内心存着一份自大，只是平日看不见它的影子，于是仍然是那样有点懒散又颓废的，想要躲避考试躲避家长的追问，遇到问题就缩手，希望可以靠拖时间把它们赖掉。这样去具体地想后，真会得出没变的结论。

没变也是对的啊，人总有不会变的部分，洗心革面重新做人这样的经历，压根不是我们可以轻易捡起来挂在胸口的徽章。只不过，打扫时突然翻到毕业时的纪念册，就会盘起腿来在地板上坐着把它全部翻完了。

真变了不少，现在写不出那样的话，有许多同窗也回忆不起他们精确的长相，甚至连想想当年的日子，断片的地方也越来越多，到校，停车，早晨锻炼，之后呢？高三时的班级位置和高一时的班级位置，到底哪个是在三楼？怎么有点弄混了呢？

毕了业，踏上社会，在新单位里过得好或不好，换一个单位过得好或不好，冬天里脖子上绕上厚厚的围巾，在耳朵里塞着耳机播放手机里的音乐，脸上是很面无表情了，毕竟今天刚刚完成一个算是繁重的工作，当中有问题，但总体是合格的，可以松口气，不用再像前几日那么焦虑。站在公交车站等着回家的公交车，手机上弹出的窗口是和同事们组成的小团体聊天群，三四个人交流对上司的全副不满，话题一转又说该去哪里看电影了。

和熄灯后和同寝室人聊着班主任的坏话时，到底是一样还是不太一样。可十年后，到底是走向了更明确的地方，尖酸也是更尖酸，消极也是更消极，胆大也是更胆大，天不怕地不怕的则更早地在地平线上消失了。

公交车出现后，读书时会忍不住让到最后才上车，被挤在前门附近动弹不得，但现在则可以让满腹牢骚和不满撺掇着，一身汗地突破成为队首，并成功坐到了后排的位子上。没有变得更坏，也没有变得更好，不过开口已经是："十年前，我又老实又胆小……"这样想着，结束了这一天。

诺言

　　大部分科学家还是相信它们与狼之间拥有必然的关系，而它们却接受了人类的驯服，从此有了许多可谓和谐与感人的画面：凛冬覆盖的森林里，树枝上的雪还来不及落下，便被它抢先一步捡走了中弹的猎物，它的喜悦是完全向着远处挂枪的猎人，在那个时候，它已经属于了人类的一方。它们成为人类延伸出去的手和腿，成为人类灵敏的嗅觉和听觉，以至于渐渐地渐渐地，它们被称为"朋友"。

　　我忘了曾经在哪里，或者有很多地方都有类似的感叹："狗这种生物啊，为什么要那么地相信人呢。"句子中虽然是包含感激和钦佩，但更多是不乏爱怜甚至惋惜的吧——"其实并没有必要""其实并不值得""像人类这样的东西"。

　　因为我本身也成了养狗的人——就算意识中并不想将关系

定义为"养"和"被养"，但对既成事实的过度抗拒似乎也没什么必要——对于这层关系就有些更难诉说了，最常出现的问题就是会不断劝说自己不要做过多的感情投射，不要成天脑补，狗在想什么，它在感受什么，它在高兴什么，它在思索我是怎样一个人，它在思索人生与狗生之差别……很多科学理论都向我们传达，动物其实不具备那样的情感和思维，甚至连它们的"可爱""忠心""大度""失落""懂事"都是饲主自作多情的情感投射。我想，说得真对啊，一点也没错，没错没错。很多很多次，半夜里我在键盘上打完精疲力竭的一段，回头看我家的狗，它习惯性把自己塞在我的电脑椅旁边，一副死心塌地赖着的样子，在那个时候，当它察觉我的行为发生了改变，就会醒来，隔一盏很孤单很孤单的台灯，我会看它很久，与它对视很久。那个时候，我就知道八成是自己单方面的情感又开始泛滥了。这种"相依为命"的想象有时会像要了我的命一样让我难过。尤其对我来说，至少我仍然可以有和它无关的大把生活，但所有剩下的能跟它在一起的时日，都有些珍稀得让它看来如此可怜。

而"可怜"也罢"相依"也罢，"死心塌地"也罢，"赖"也罢，没准都是我这种人非要加上去的情感砝码，在它的世界里，没有那么多复杂的构造，它的逻辑太简单了，它觉得我是主人，就跟着我走——可哪怕是被简化后的结果，对我来说仍然是具有充分感情浓度的一句话，被砍去的那些繁枝缛节的赘述，只衬托出它这番一厢情愿的动人吧。我撇开那些所有科学理论，非要去继续这样觉得。

接回家时它才四十二天，一个巴掌就能托住，到了新家后一直在开垦似的到处打转，然后睡，然后醒，接着打转，然后睡，然后醒。那会儿我心里还是有非常大的不安，毕竟这个开头后就是十几年。能不能坚持十几年呢？

然而现在回头来看，一旦成为日常生活的一部分，便没有"坚持"两个字。有了一条狗，它不是"习惯"，和"习惯"完全没有关系，何来坚持一说？一切就像毕业了，搬家了，换了工作，结婚了一样，是自己过的生活。

有一次在异地的乡村旅馆投宿，到的时候已经是入夜了，我刚刚把车停稳，打开车门打算取行李，黑暗里有两团热乎乎的气息在脚边活动了起来。它们摆动尾巴，喜悦溢于言表，一只使劲要往裤腿上爬，我刚蹲下去，两只狗便开始够着你的脸舔个不停，就着微弱的车灯看清它们花斑的毛色，和一对极具标志性的眼睛。也是得益于我作为一个不害怕狗的人，所以经常能看到像这样的眼睛，"你好呀""你是谁呀""我好喜欢你啊""我们玩好吗？我们玩好吗？我这里有木块，还有旧的网球，你喜欢哪个？我们玩好吗"。

　　我不知道这是不是最大的一种情感投射，但我仍然无可救药地认为，狗这种生物啊，实在是太没有道理地相信人类了。差距那么大的两个物种，是从什么时候开始破除了所有隔阂，让其中一个毫无顾虑地，朝另一个物种飞奔，一副要把整条性命托付给你的样子。

　　这样的诺言其实太沉重了，因为它是以我们人类所不能理解的语言，永远地不变下去，一代又一代。

好处

　　店里有点吵，不过是恰到好处的吵，让每个人都不用刻意压低声音小心翼翼地说话，用正常的音量说恋人的好话、上司的坏话、明星们的闲话。服务生系着统一的蓝色围裙，一盆盆煎饺或者土豆丝端来端去，香味在空气里互相问声好又赶紧彼此避让开。

　　她说到开心处了，坐姿的重心换个方向，右腿也架到左腿上。动作间她穿的裙子在桌子底撩了阵很轻柔的风，是一层绿色棉和一层白色衬里联手起来的风，很像是在水杯里搅了一圈吸管。刚才在店门前遇见时，她在我前面上楼梯，也是这样一条裙子在台阶上不管不顾地好像只想扫一扫。光让裙子的布料变了点颜色，然后褶皱起来的地方再变了点颜色。

　　我们吃了什么来着，要了碟萝卜糕，要了杨枝甘露，还要了什么，因为聊得开心，几乎不太记得吃了什么，我倒是记得，入座时她侧进座椅到最里端，在整条椅子上扇子似的铺开她的裙子，盖得满而又全不经意。我或许是从那时起，觉得心情一下温柔起来的。

回顾读书年代，大家的校服都是这个裤那个裤，太方便。最后一年要拍毕业照了分了套制服裙，但是难看得破纪录。可难看归难看，女生都一边扭捏着一边利落地换了上去，然后在镜子前来来回回想挤进自己的模样，过一会抱本书或者抱个文件夹在胸口再来看看自己的模样，及膝的一步裙，走一走，好像真的就有了自己过去一直幻想的，那些神情冷淡而严肃走在办公室里"操持业务"的白领丽人模样，非常"成人化"后的"美丽的女性"的样子。

我和她一路小跑过走廊，遇到认识的男生，听他们鼓足精神开玩笑说，哦哟有女人样了嘛。我们忍不住又耍出骄傲的脸色了，想着"你们知道什么"。

其实那会儿依然三五不时地觉得做男生好像会更快乐点，没有那么多零零碎碎逻辑混乱的念头，没有那么多悲春伤秋的泛滥情怀，成绩总会莫名来得更容易些，女班主任也更喜欢点，做男生力气也大，也没有那么容易在体育课上受伤。我和她几乎都是认证了这些的，但也有那么一些时候，我们在周末约出来逛街去买偶像的周边，有一两次，一块儿穿了裙子，上天桥时彼此提醒得小心大风，然后在挤挤攘攘的公交车里让裙子为自己圈出小范围得以喘息的空间，闹起来时会看四下无人突然上去要掀对方的裙子，然后就尖利地笑开，两个人都直不起腰，回家路上都累了，露出好像很大人的脸，面无表情地托着下巴看窗外。我坐到了她的裙子或者她坐到了我的裙子，但最后彼此也没有动，就这样挨到尽头。

类似这样的时候，心里就很明白，身为女孩子其实同样非常非常地好，裙子让我们非常非常地好了起来。

就算是日后，彻底脱掉了校服，进入了可以随意选择服装的年龄，但穿裙子的次数好像还是稍少于裤装。毕竟方便与否，对于一个懒散的人来说还是决定性的因素。好在也因此，衬得那些在衣柜前决定穿裙子的日子，每一个都重大了起来。一场久别重逢后的相聚，一场意义非同小可的约会，一个记了很久的日期，一次低潮里辗转了整晚后决意的改变，哪怕是从很遥远的地方，传来过去的爱人的消息，让她在电话里讲述时的声音听起来不温不火，但随后谈到要不要出来吃饭呢，她说，好啊。挂了电话，她在衣柜前站多久我无从想象，没准也很快，质地很好的绿色长裙，换别人穿或者稍微搭配得糟一点就被毁了，但她处理得很好，她不由得想到那次恋爱中，自己穿过多少趟裙子呢？或者也没有很多，可至少每次都能记得了。

　　她看见我，耸了耸肩笑笑，然后上前就朝我的大腿拧了一把，说了句"那么隆重"，我不客气地回掐了她的腰。
　　她的裙子先上了台阶，绿成各种色阶。过弯的时候她侧过头来看看我。
　　身为女孩子是非常非常好的，没有错。裙子让我们非常非常地好了起来。

小小的小小的事情

仍是那句念念不忘，终有回响。

十多年前，有一次搭乘飞机出差时等候在候机厅，不断响起的登机广播远远近近地在蓝色的顶棚下回响。我所在的登机口，好比说是一百三十吧，在我对面的一百三十二号登机口同样坐着一批正在等待飞机起飞的乘客，浦东机场以国际航班为主，像我当时乘坐的国内航班不算多，过了一会儿，对面的乘客们——金发碧眼的，或者跟我一样黑头发黄皮肤的，列成队伍，广播声在我耳边响起："前往赫尔辛基的航班开始登机了。"十多年前，我会忽然停了手边的事——大概在看本小说或者更加无所事事地揪自己的纽扣玩吧，然后很认真很认真地想："赫尔辛基是什么地方？"从残存的地理知识里得到答案"在芬兰呗"，但"芬兰是什么地方呢？所以赫尔辛基到底是在什么地方？什么样？那些梳着辫子的五六岁的金发小女孩，是在那里

生活吗？过着的是怎样的生活呢？穿着简练的商务人士是去那
里出差吗？经常去赫尔辛基吗？经常去那边工作的人生又是一
副什么样子的呢"？一架飞机载往的方向，目的地落得很远很
远，对那里我全无概念，也没有任何知识储备，虽然听过，知
道，可从本质上来说，不比没听过和不知道来得强多少。

　　我始终记得那一天的那个时刻里，目送近距离的队伍一
点点缩减，他们很快就要落到地球的另一个地方去了，我忽然
想"什么时候我也会去芬兰吗？我会去赫尔辛基吗"？想的本
身是以无望的情绪在想的。应该是很难很难吧，二十岁出头的
自己，尚在努力为空空的两手多抓一把稻子，要实现的梦想之
前，是许多许多要先完成的事，然后问自己有什么梦想呢，好
像很多，好像它们也都很伟大，也都会一下子极其现实，我可
以说希望赚很多钱，可以说让家人有幸福感，可以说写好一部
小说，但它们忽然在那天的机场里，发生了变化。可以赚很多钱，
让家人有幸福感，写好一部小说——或者先别说那么死，至少
写好一部让自己满意的小说。当一切都差不多完成的时候，如
果我有这个能力，有那么多奋斗的时日过去，那么或许有天可
以做点别的事情了，之前没想过，完全不曾考虑过的事情，好
比去芬兰，芬兰首都赫尔辛基，听起来是个很好听的名字。航

程要飞多久呢？好像跟瑞典也挨得挺近，瑞典有小美人鱼雕像吧？稍等，扯远了，回来些，我只是想着"哪天可以站在他们的队列里，金发辫子的小女孩身后，一身西装的商务人士身后，听见登机广播后有点累累地起身，然后将登机牌递给柜台后的工作人员，下电梯，穿过廊桥，走进机舱，我坐上飞往赫尔辛基的航班了"。十多年前，这个想法在出现的刹那压根谈不上有多么强烈。人坐在机场杀时间时，总是容易走神地东看西看，胡思乱想，数数天顶下的装饰柱有几根，外面的飞机腾空了一架，看上去身姿非常稳健，对面的人们是去芬兰的，我什么时候也可能去赫尔辛基吗，衣服上有颗纽扣好像要松脱了，得小心，对面的人开始登机了，赫尔辛基长什么样呢——就是这样，它掺在一系列脱序的思维里，显得同样无关紧要和不痛不痒。

所以一直到十几年后，当我将行李箱扔上传送带，等柜台那边递来我的登机牌，上面写着从上海浦东 PVG，前往赫尔辛基万塔机场 HEL 的字样，到那刻，我才很清楚地确认了，十几年前的念头压根不是个无端的碎片，恰恰相反，它根植得那么深，以至于日后每次我从浦东机场出发去任何一个地方，都会简短地想起来，啊，很早前，自己坐在登机口边的椅子上，毫无指望地对一个地方产生过指望。完全没有忘却过，而是一直存续着，好像是一场精心的策划，将伏笔埋了良久，哪怕最后

实现时完全谈不上惊天地泣鬼神，甚至谈不上激动泪流——我
出门旅行，第一站决定落脚在芬兰。就是如此，一句话概括完
成。但等飞机在地面上着地的瞬间，圆形窗外映着刺眼的日光，
照亮了赫尔辛基的机场，我知道这一切都可以用最常见的词、
句子来形容，"我实现了梦想"。过去从没有仔细打算过的事，
以为不会实现的事，和可能无关的事，成为可能。梦想有时候
会极其清晰，光芒在侧，"从事我喜欢的职业""让家人能够
幸福"；有时则毫不明显，只在某些时候偶尔出现提醒你它还
没有放弃，你还可以去实现。当它看你一点点前进，一点点将
那些大的先摘走了以后，它觉得现在也可以来扯扯你的袖子了：
"欸，你还记得那个时刻吗？我觉得现在差不多是时候了。"

是实现它的时候了。

我在飞机上从头到尾睡着，偶尔睁眼看见屏幕上显示着设
置在飞机外的摄像头，但此刻拍摄到的也只是茫茫的天空的白。
我想起十多年前的自己，其实已经回忆不出她的样子，但忽然
有了点新的勇气。这勇气怂恿着我，接下来，去毫无指望地想
一个新的事吧，也许过十年，自己就站在了那里。
谁知道呢。

向阳生长

之前世界杯那会儿，便利店推出了积点换哆啦 A 梦玩具的活动，那阵应该成了我光顾最勤的日子。只要能在便利店买，哪怕一支牙刷一节电池，也要用来凑积点。换到手，总要使劲按捺心里的亢奋，因为究竟拿到哪一个造型的哆啦 A 梦，光凭外包装是看不出的，所以就是要使劲地按捺着，先出店门，先过马路，先进小区大门，直到踏入电梯，立刻非常之焦躁又粗暴地把纸盒拆烂，把里面的塑料包装撕开，电梯里没有空调，光是这几个动作有时都会让我因为神经高度集中而冒汗。

然后就很开心了，看见哆啦 A 梦就很开心了。出电梯的步子要半跳不跳地，回家要特地找地方摆，要用手机给它拍照，拍了照换各种 APP 调色，最后也未必会把图贴到网上，但一整个过程就很开心。

其实不太买玩具了。很多年以来。有时候路过橱窗，也顶多停下脚步看两眼，灰色条纹的兔子或是蓝色的斑马，奇怪得很可爱，然后看下橱窗里的颜色搭配，看下软装饰的布置，就这样慢慢跑题了。

再想一想，好像以前还在网络日志里写过，因为看了个特别少女心的漫画故事，喜欢得不行，以至于边看边拍手，一个人在电脑前喊"好萌呀好萌呀"。结果至少最近半年，看的书太沉重，要么教思辨要么写历史，拍手也有，作者真优秀，把一份思辨的逻辑写得条理如此清楚，看得人就想拍手，但不是会花痴喊"好萌呀好萌呀"的那种了。

我总是很担心自己要变成一个心肠渐硬的人。和当初会路途迢迢地背两只羊驼抱枕回家，会一边打恋爱养成游戏一边兴奋地踢腿，一边看网上演唱会的盗录视频一边满脑子"呀呀呀呀！"的高八度尖叫的那个自己离得越来越远，成为一个麻木的人。

但捏着撕得烂糊糊的包装盒和另一只手里的哆啦A梦玩具摆件，半跳不跳地出电梯时，又觉得自己还不必那么快地担心。

买完早饭路过还没开张的专售烤鸭的小店，玻璃柜台下睡着一只拳头大的很小很小的幼猫。蹲下来看它半天，它也不醒，要不是它掌心因为睡梦而动了动，真的会担心别是有什么问题。

非常想去摸一下的。

看 GIF 图，内容是电影里的镜头大串联——所有的男生忽然撑手将女生堵在墙壁前，"咚"的那一下的镜头们。GIF 的窗口没有关，所以大概它就这样自顾自地循环了几百次或许上千次。

"咚"。

接女儿回家的爸爸，骑车过绿灯，五六岁的小女孩在后座，手没闲，将自己的辫子甩到爸爸头顶上，于是有那么一点"地中海"的爸爸，就成了茂密的爸爸，"百年润发"的爸爸。

希望他们一路都是绿灯。

能叫着"好萌好可爱"的人，容易开心的人，容易被触动的人，可以从中汲取到这一天接下来的活力，都是向阳生长的人吧。

转头觉得有点开心，今天有好事发生，情绪整个上扬了起来，在凳子上坐得前后摇摆，转给其他人的脸上都挂着未褪的笑，被问到"什么事这么开心"——"什么事让你开心了呢"。女生的马尾辫扎得松，脖子上都是绒绒的散发；一只从楼梯上翻滚下来的浣熊；便当盒的造型成了马桶状；巧克力是咳嗽糖浆的味道；很擅长前空翻的男生；说话带点口音的卡通形象；

挂在树枝上的半只鸟巢。世界上所有萌萌的事情，它们的定义和来源完全主观，完全取决于那个下定义的人。我们说那是可爱的，那便是可爱的。巨大的山也可以，打呵欠的鳄鱼也可以，一块融到半路的冰砖也可以，只要我们说它是。世界从不来质疑。它赋予我们百分之一百的权力，去命名所有可以被命名为萌的东西。

请收下

科幻小说里有人送一颗星球作为礼物。而楼下的花店看起来生意不太好的样子。隔了一条马路的是个文具店，也卖礼品包装袋，一大堆心形图案挤在一起，一大堆波点团挤在一起，老板在柜台前吃着盒饭。天气渐渐冷了，上海街头也能看到卖糖葫芦的推车，小贩坐在旁边，希望能从迎来的路人眼神里找到一丝可能存在的商机。

而回想一下这一整天，自己都在哪里花过钱呢？买过洗手液，午饭时买过炒面，买过咖啡饮料，网上下单买过一个星期后发售的原声 CD，买过一支润唇膏，然后又买了手机壳，心情就似乎很好的样子，我们越来越习惯让自己一个人如何开心起来。只是，当看到另一个包装的润唇膏，看到另一个花样的手机壳，它们真不错，看起来，和自己所选择的不相上下了。要不要再买一份呢？再买一份送给自己，又或者是——

人说爱情就是能把看到的任何事物和他（她）联想到一起，我们想把最好的东西送给他（她），塞进他（她）的手里，只为塞进手里的这一个动作。其实并非仅仅是爱情，所有的感情但凡有一点深度，都会令我们甘之如饴地成为一个奉献者，想把最好的东西塞给你，这份喜悦在很大程度上是用来满足了我们，摘星星摘月亮是个听起来多么艰苦的旅程啊，但踏上这条路的自己看起来还是挺不错的，侠客似的，诗人似的，英俊的士兵似的。

光说不行啊，光说的话，语言还是太简单了，得把它实质化，让它好好地成为一个固定的形态：让它成为一只小鸟形状的蜡烛、一个会发光的地球仪、一双冬天里发热的毛袜子、一台相机、一个手机吊坠。让它实实在在地成为物质，"我想把它送给最适合的你"。想要你暖和一点，想要你的手机有这样的外套，想要你尝尝这款蛋糕，想要你的家里有一束茉莉，你说好不好，你觉得好不好？

我不知道是不是也会有人，非常喜欢挑选礼物这件事。挑选礼物这个行为让我们重新回归了社会交际圈。而它在此时此刻是单纯温暖的，由自己和一个或几个关系亲密的朋友组成，想要大家更幸福的朋友组成。"我看到了一个保温杯，觉得上面完全写着你的名字嘛，我想买来送你生日礼物，啊，为什么你的生日还有那么多天才到，我等不及啦。"并不是像外界传言那样会成为某种负担，恰恰相反，能够令我们萌生"主动地想要送礼物给你"念头的关系，早就足够珍贵了，需要好好对待，把它像圣诞节的那棵树一样，底下堆满了礼物缎带和包装盒，拿礼物去灌溉它。

所以手表也好，雨伞也好，鞋子也好（就算传言中它们并不是适合送人的东西，有带来迷信的谐音），但那个小猫图案的手表真的很可爱，很可爱却不适合自己，我觉得它很适合你，所以不如让我来送给你吧，同理雨伞也是，鞋子也是。好像和小时候的公主人偶在办家家，给她戴珠宝，给她换裙子，只不过面对她时不会害羞，现在却还是会有一点点害羞的，因为在表达着"我很喜欢你呀"。

要好的朋友，器重的伙伴，青睐的同窗，爸爸，妈妈，表弟，表姐，敬重的前辈，深爱的恋人——人际只剩下这样一个美好的圈子该多好，让走的马路都变得丰富起来。它一点也不单调，它成为"属于爸爸的外套""属于妈妈的围巾""属于她们的马卡龙""属于他的领带""属于我和我爱的人们"的橱窗，排列成为那条马路。

想把它送给你。

我想把它送给你。

它和你，都是我深深喜爱的，所以，你们不认识一下，真的好可惜呀。

从上一秒开始

从明天，从下周一，从下个月，从新年，从新的一岁……从那个时候开始，认为自己应该改变一下了，可以改变一下，告别过去式的自己。过去式的自己是什么样的，也许没那么那么糟，也许已经非常非常糟——而"新的"总是一个惹人期待的词语，它准许一切幻想的现行：也许明天开始，下周开始，下个月开始，新的一年开始，新一年的自己，能够强大一些，更有行动力，不是这样拖拖拉拉稀里糊涂的，可以手中切实地抓住什么，期待的东西能够实现，可以成功，可以尝到一点生活的甜头，可以给自己贴一朵小红花，可以让自己和"好运气"挂钩那么一回，然后是可以真真切切地下个定义"全新的我"。

这样的设想几乎从来没有消失在我们的人生旅途中，时不时地来，尽管它总需要各种借口，要明确的形式感来启发出这样的一次阶段变更。教室换了，从三楼换到四楼的尽头；好像可以摸到之前一直需要仰视的树梢；搬着箱子走进全新的办公室里，这里的墙壁是淡咖啡色的，台灯是黑色的；公交站被撤销后，开始挤地铁的日子；吹灭一根蜡烛；倒数十秒，十，九，八，七，六，五，四，三，二，一；终于删除他的联系方式；终于得到他的联系方式……林林总总，我们以许多事物命名一个新的开端，在那里试图摇醒自己，激励自己，看，已经将起点划在你脚下了，只要踏出就是开始，在那里开始一个新的人生好不好？和过去的自己试图告别好不好？

　　既然你也有那么多不满，总会对自己有许多不满吧。拖延，撒谎，缺乏责任感，没有目标，软弱，自暴自弃。也是，要写下羡慕他人的地方，几页纸也不够，羡慕他们的才华，羡慕他们的经历，羡慕他们能够克服困难，羡慕他们惊人的毅力，羡慕他们的爱情生活，羡慕他们可以活成自己羡慕的样子，羡慕羡慕羡慕，羡慕得很久很久了，总是没有结成一个真正的果实。还想着，要不等明天吧，下周也好，或者下个月开始，下个月假期结束嘛，或者，很快就是新年了，不差那几天，再可能，不如从生日之后,吹灭蜡烛的刹那才开始真正的一次人生翻篇吧。

　　有时我也喜欢看，网络上曾经流传过的一些文字，作者写自己过去曾经怎样，但经历了一些（或者并没有经历怎样鲜明的大事），他（她）做出了改变，和过去的自己至少在某个方面截然不同的改变，里面包含辛苦和泪水。结果当然是好的，被流传就因为结果的强烈对比，他（她）成了谁也会佩服和仰慕的人，活得鲜辣，被意志和耐力熬出的灵魂美得发光。

但自己却多半还在想着，"明天开始""下周开始""等新的一年"，我一定要……

我们迟迟无法做出行动的原因就是脑海中判断那些辛苦的付出最后是不是值得，人在追求安全感时往往首先拒绝任何改变。安全感圈养出的懒散与怠慢早已降伏了我们，让我们其实乐于现在的自己，所有的讨厌也不过是嘴上说说而已，对新生活的渴望到头来无非叶公好龙，真的要一点一点想清楚，会遭遇什么，会面对什么，能不能解决，能不能坚持——于是日期便一再推到"明天""下周""下个月""来年"。

"新生活"这三个字，始终是未来式，它快要发生，总会发生，但从没有发生过。

我最近看到了一句话，它说："迷茫的时候，应该始终选择难走的那条路。"

去试试挫败也好，去试试被否定也好，去试试怎样手足无措也好，但都应该去试一试才知道。永远在等待中的那个未来的自己，她值得见一见"新生活"的样子。她也许不会如预期那么出色，也许当中会走一点弯路，但她值得一个新的命题。新的才能，新的知识，遇到新的困难时被挖掘的新的潜能，她都值得。

所以在以"明天""下周""来年"为开头的句子用滥了的时候，如果被问及"什么时候开始"，可以自己回答自己"去年开始的""上个月开始""上周""昨天"，哪怕"上一秒开始的"，"尝试新生活"的自己。她小心翼翼也好，她举步维艰也好，她莽莽撞撞，但她已经开始了。

近乎一个拥抱

有一个对我来说最方便的行为可以让我得到一刻的安心感——只要去拥抱一下家里的狗就行了，非常简单，且屡试不爽。所以常常就是从电脑前离开，找到它，它多半卧着趴着并处于半梦半醒之间，又被我硬搂进怀里，搁在腿上，揉它的脑袋，揉它的耳朵，会用力去握一握它的脚掌，睡觉的过程中它的脚掌会变得硬而干燥，摩挲起来是很特殊的记忆。最后再大力地拥抱它一下，非常非常软而丰盛的皮毛，至少拥抱的时候是很明确地觉得在那一刻得到了治愈。一小会儿什么也不想，只要拥抱着世界上最软的事物。想想造物主创造了毛茸茸的它们后，又创造了喜欢毛茸茸的人，一拍即合的拥抱啊，于是只那么一会儿也安心了。

是的，可能已经是用"大部分"来修饰了，大部分人在大部分时间里过得没有自己预计的开心。欲望无止境地增长，烦躁又不安，寂寞又傲慢，自暴自弃又自怜自哀，丁点儿小事都能轻易点燃积攒了良久的愤恨，即便没有镜子，也知道自己在那会儿非常糟糕，甚至不好看，表情是走形的，嘴型还拟着不堪卒听的字眼，手要捶打什么，一个宛如失去了住地的人。所以就从一个拥抱衍生出去也好，有时候是具象的拥抱，有时是抽象的拥抱，但始终是一种真实的安心感，既可以明确地拥有什么，又同时明确地被什么拥有了，不再只是单独的"我往"，而有了被广袤宇宙应允的"你来"。那些无数可以将自己寄放的瞬间，戾气烟消云散，所有未偿的心愿也化为点缀的流萤，而黑暗可以将它们衬托得更加唯美。

"治愈"这个说法仿佛是最近几年才慢慢广泛了起来，但我们对此的渴望却是从来也没有缺席过的。古人要寻访山村水驿，一曲帘后的琵琶终于让他落泪。又或者仅仅"长安夜下"即可，"一壶清酒"即可，"一树桃花"即可，被它们所治愈的人又用它们治愈了随后的无数人。在一个不断下探的弧线里，也许它们的出现不会成为从此以后反弹的转折，可至少能够短暂却真实地完成一把来自世界的牵挂，某一部影视中的某一段情节，某一段情节里的某一句对白，某一句对白中让人联想起自己也有过类似的经历啊，是被温柔对待过的证明，哪怕只是这样也可以了。

所以此刻能够治愈我们的常常不是那些鸿篇巨制，要跨越多么了不起的时间和空间。一张迄今为止最清晰的冥王星照片，漫山遍野开的花，寂静的河从山谷中带走所有疑问和答案，写到半路的情书或者一个完成的拥抱，都能在那时完整地卸下所有自己胸口负荷的阴影，被它们接纳又与它们融合，什么也不消多想。

盯着滚筒洗衣机看；打喝完碳酸饮料后的嗝，一个两个三个停不下来了；望远镜能看到很远的地方的你的家和我的家，看不见家里面的狗了，反正它也在睡觉；有篇短短的小说里男生和女生最后幸福地在一起了，并不认为是俗套啊；听到一首歌能够立刻说出它叫什么名字；水果店虽然只有一家但却好像摆了满街的菠萝，热带那个风情了呀……

只要有那么一段忽而长忽而短的瞬间，让自己觉得是落地在柔软的垫子上，世界就像对你没有防备的动物，甘愿把肚皮露出来承接你的来袭，只是这样已经值回了一个满分。就算不流行说"温暖"了，就算不流行说"幸福"了，它们也始终不卑不亢地存在着，等到在你需要的时候，递来一片遮阳的叶子和一张拭泪的纸巾，递来通往黎明的第一束光。

然后就安全回家吧，吃一顿还不错的饭，睡一晚踏实的觉，枕头的高度很好，开了空调也盖着被子，就算第二天或许又进入烦躁而压抑的常态，但倘若想起昨天压在枕头下的书，里面舒尔茨这样描写到——"7月，父亲到外面去取水，把我和母亲、哥哥留在家里，他实在不堪忍受夏日那炽烈而又令人眩晕的热气的折磨。光线刺激得人心神恍惚，我们沉浸在假日那本漫漫长书中。树叶间阳光照耀，能闻到金黄色的梨子正在软化的果浆散发出的那种甜丝丝的气息。"也是一次近乎完成的能治愈的拥抱。

生日快乐

四月底的某天，一位相识不久的老师问我，他那边有个聚餐，有空的话要不要过来，我说好呀，只不过因为有其他事务在，大概会晚到，老师说没有关系。因此当我走进餐厅时，晚餐已经开始了，入席的人们也已经聊过了开场，谈起各自的话题。我在那时看到他，光线很昏暗，他和旁人一边说话一边非常非常温和地微笑着，他面前的盘子空剩了一些，手边有烟，烟从两指间倾斜出释然的角度，哪怕他忽然笑得大声了，但手指和烟仍然是没有被波及的。我先向老师打招呼，接着老师就带我走到他身边，我说了什么呢，而我还能说什么呢，"喜欢您很久了，非常荣幸能见到您啊，岩井俊二导演"。

其实以目前的状态来讲，自己的兴趣爱好多少有了变化，一定会有，可视范围里的几乎都在几年前得以更新，喜欢的书，喜欢的音乐，喜欢的品牌，喜欢的食物，它们都以一种更浅显的方式，宛如某种实验一般正在期待一个周期后的结果：有的也许可以被留下来，有的不会，所以像现在这样也好，什么都让自己去试一试，喜欢新的东西去吧，喜欢新的人去吧，然后看日后它们会不会从中筛选出真正属于自己的倾向，感受犹如一次故人还乡似的理所当然。这一层浮现于表面上的繁殖往往眼花缭乱，甚至嘈杂，都是喜爱的人事物嘛，慢慢地慢慢地时间摘选出结果，果然有的还只是很临时的冲动，有些没准还是误读，有些原本大概可以保留下去但不明就里的还是消失了，终于留下来的那几位，把他们风尘仆仆地往心里的故土送回去。心里的故土都住着一些与精神或信仰有关的人物，他们已经不能简单用"喜爱"来形容，往往在很早以前，并经历很久的时间，决定或改变了自己对这个世界观察的角度，并从此为自己往后所有的"喜爱"都划出清晰的范围。所以这样的人里，我会始终保留岩井俊二导演的位置。即便后来要列举自己喜爱的导演，会有很多很多，但第一次看完《关于莉莉周的一切》《燕尾蝶》和《四月物语》时，我想我是从那一个瞬间后开始，从所有平行世界的选项中，选择要成为日后今天的自己。喜欢什么样的东西，喜欢什么样的感情，喜欢什么样的风景，喜欢什么样的结局和什么样的人。

中间大概隔了十几年，一定有十年以上了，十年里自己做了什么、经历什么、实现了什么呢？去尽可能看了电影里所类似的景色，写很多不会说出口的暗涌的故事，很淡的没有什么情节的小说，其实可以做得更好，但应该是自己能力所限了，和影响我的电影没有关系，我觉得它们已经尽善尽美。后来买了正版碟片回家重新播放，当初那条流淌在爱丽丝头上的树林中的河流，过去十年还是会让我觉得感动。

那么这算一种梦想被实现吗？尽管我从来也没有真正地设想过，日后某一天会遇见岩井俊二导演本人。后来还是鼓起勇气落座在他旁边，听他讲了一些关于最近在看的小说的逸事，听他说想写一个关于福岛事件的剧本，我只是在旁边听他讲述几百字的概述，却觉得眼前可以看见他的电影画面——这样的时刻，十几年前我从来没有预设过它会出现。但餐厅里小而酥的灯照摇着大家的轮廓，比萨和海鲜都已经用完，那位引荐我的老师得知这天正好是我的生日，很客气地让餐厅准备了一个蛋糕，岩井俊二导演很讶异地将手里的烟按熄，与我握手，又接过老师递来的一枝花让我收下，他说"生日快乐啊"。

今年四月三十日晚上发生的事。我的脑海忽然闪过的画面是那只飘浮在两栋教学楼中间的，巨大的气球。来自岩井俊二导演的《花与爱丽丝》。

重生

　　手机玩一会儿，就到了凌晨三点，人仿佛精神起来了。就算脑海里想着该睡了该睡了，但一则朋友圈里的更新，一条无甚内容的微博宣泄，一个关于太平洋的飓风新闻……好像都是挺要紧的，要紧得让人可以再推迟一点睡觉的时间。然后想起以前的许多漫画也好，科幻小说也好，都喜欢在里面发明一种药片，只要吃了就相当于完成了睡眠，于是人能节省下大把时间去干想干的事——工作也好，恋爱也好，品尝美味的食物也好，折一只巨大的纸飞机也好，都是比睡觉重要得多的事。本来嘛，一口气就睡过去八个小时，八个小时其实是多么宝贵啊，许多来不及完成的功课，留到最后一刻的报告，要是有了这八个小时，应该就会得到截然不同的收尾吧。于是乎，很多时候仿佛是带着一丝对自己的愤愤，出于某种不得已才把自己扔上床，而睡意是满怀恶意的怪兽，就是因为它常常拖自己后腿，一个又一个的八小时消失在它恶作剧式的消耗里。这是一种多么无奈的败北啊，精神和肉体的双双告负。所以总是有许多人常常要奋起反抗，"熬夜"和"通宵"成为那会儿最常挂在嘴边的词语，用得多，好似自己也成为一个略带苦涩帅气的成年人形象，正在为了从社会中挣取一份价值而交付出大好的青春。定义里的成年人通常都是不睡的，沉溺于睡梦中的行为只有婴儿才合适。那么一个又一个熬夜完成，眼看着预期的成果最后却没能闪闪发光，自己的所谓劳苦最后只能用来感动与安慰自己，大概是还不够辛苦不够拼命，牺牲的睡眠还不够多吧。"这就是生活"，与一支烟或者一口咖啡在嘴边同步的歌颂，整个人黯淡了下去，睡意已经被驱赶到了很远的地方，远到忘了它到底带有如何的形状和触感。

它有时来得轻便，是定点出现在车站的列车，有时来得重而意外，宛如从天降落的一枚流星碎片。无论是怎样的登场，将自己瞬间交付出去的片刻，整个人好似浮了起来，迎接随后光怪陆离的梦，或者仅仅是床褥本身湿软的微香。身体总算可以暂时忘却主人，那个聒噪又焦急的指挥官消失了，使得原先悬于脚下的危崖化为盛着太阳的湖水，步入就是融化。

如此想来，睡觉从来都是一件毋庸置疑的美妙事情，既然它是我们人体为自己设计的环节，幸好它果断跳过了所有投机的愿望，决不能让什么通过不睡觉来换取一点所谓的成果发生，它还是抱着手臂带有轻蔑的冷笑，冷静地等待人迷途知返。

睡觉是一件重要的大事，能够拥有良好的休息是一件重要的大事。只有当自己的步伐走出了稳健的规律，它不再那么糊涂而急躁，不再为拖延所累，我们的每一天可以被自己笃定地安排——要吃美食，要连续工作三小时不间断，要和朋友交流，要健走，还要有一个不能被打断的完整的觉。

和带着重重心事以及危机感入睡时完全不同，在没有包袱的情况下，床和被子会是某个形态的喜事，值得人按捺不住以笑脸相对。想到今天也过得挺好，没有什么遗憾，没有对自己的不满，没有对他人的怨怼，而接下来八个小时可以只管放任自己，把梦做出第三层，或者只是一片温柔的空白……一场干净而标准的睡眠，才能让每次醒来都宛如漂亮的重启，电已蓄满，今天或许可以去拯救世界。

海边的曼彻斯特

找到个机会说说最近看的电影了。比起《爱乐之城》，我明显是更喜欢《海边的曼彻斯特》的那种人。首先是视觉上的美吧，所有颜色的运用，光照充沛但只觉寒意冻人（同时动人）的雪地，还有很安静和忍耐的情绪表达。虽说故事的主题非常伤感和压抑，但在说到"美好生活"时，却会在脑海中反映出它的名字。或许是因为男主角的遭遇已经成了这四个字的彻底反义词，他迟迟不能摆脱，并且永远无法摆脱失败感和愧疚感，可他却只能继续这样生活下去。

以前大概还对生活中发生的小事，好的，或者不那么好的，经常会专门记录下来，现在已经很少这样做了。并不是不再对它们有感觉，而是习惯了它们来雪中送炭或者火上浇油，它们不再特殊，我的生活不再特殊，它就是由各种不称心和不如意构成，一笔一笔记载会显得多么小家子气啊。

可本来要讨论的主题不是"美好生活"吗？我自己相信美好生活吗？

《海边的曼彻斯特》时长两个半小时，一开始的前三十分钟确实觉得有些无聊和冗长，会忍不住暂停去做点别的事，但后来看进去后就一路跟着他走到了结尾。基调没有变，全篇几乎没有大起大落的那些典型的波折，只有跟随主角，了解他是怎样的人，他有怎样的家庭、怎样的爱人、怎样的过去，现在每天在操心什么，他最害怕的是什么，他最害怕的事物是如何改变了他的生活。电影临近结尾时，他说"我战胜不了""我没有办法战胜过去"，所以完全没有出现"到故事结束时，主人公发生了彻底的改变"这种模式。改变是有的，但不曾动摇他的决心和意志，要和此刻的生活永远这样拥抱着，然后无止境下坠的决心和意志。

我那会儿觉得，只要是在这样的破釜沉舟中下的决心，他愿意将自己燃烧殆尽，未必就比普通人过得脆弱和糟糕了。美是个完全中性的词语，以至于更多时候我们看见它在绝望中、在灾难中、在失败中、在悲伤中、在悲剧中如同一朵小花盛放。

基本的念头是过得开心又舒服，拥有很多很多漂亮的东西，不用担心背叛和抛弃，不用担心挫折，连涂指甲都从来不曾失败过，没有遇到突然到来的快递员访客，都很顺利，十根指头上是自己选的好看的绛红。

所以我想说的原来还是，有时候换个角度去看，把美好生活这样的主题扩大再扩大，让它和宇宙衔接，宇宙间什么叫美好的生活？什么叫美好的？由谁去定义？这个定义是否不可更改？

那么在一束不会凋零的鲜花后，在一段受到所有人祝福的爱情后，在一间干净的房间后，在土星后，在天狼星后，在无数个被罗列出来的用来描述"美好生活"的个体后，大概还想偷偷地摆上一两颗被踏碎的心，一粒没能发芽的在土地下消失的种子，一场昏天黑地的暴雨，一股抱着生活和它同归于尽的意志……它们同样属于这个定语结构。它们是星空下的黑夜。

随时随地的新生

　　彻彻底底地打扫房间大概前后要花一个礼拜，走势呈反抛物线趋势，一开始的头两天还能精神饱满地开工，两天之后就颓废了，动手前要在电脑前看几部电影几集电视剧，刷半天手机，吃零食，于是一整日下来也就是把物品从这里搬到那里，再从那里搬到这里而已，一直熬着一直熬着，实在忍受不住的时候才振作精神。在最后两天，把所有的杂物都物归原处了，地板是跪在地上擦的，擦完一遍还要用香香的湿纸擦第二遍，家具的每个平面都抹得一尘不染，踢脚线的凹槽也雪白如新。总算什么都好了，整个人如同从水池里捞出来，精疲力竭地倒在地上，从这个角度看过去，的确目光所及之处可以用一尘不染来形容，然后往往，我就会对自己说，可以开工了。

　　洗完澡，敷着面膜喝掉了一大罐啤酒后，就可以把自己放到电脑前，打开一个停滞了很久的文档，说"可以开工了"，因为我打扫完房间了，焕然一新了，焕然一新的房间，和可以沾点它的光的我，大概就可以跨越障碍，成为片刻的新的自己了。

　　真的，很多影视作品，都喜欢在主人公遭遇情感挫折后，安排他们用一场彻底的大扫除，来象征心理上同样经历的一次更新。毕竟那么专注地做一件事情，而且它的结果是可以在短时间内就被确认的，这个结果同时带来愉悦，这几项结合起来，大扫除真的是为数不多的具有如此治愈功能的行动了。

　　所以不是吗，当新年还遥遥无期，生日也已经过去，甚至连周一都得再等两天的时候，如果需要一个新的开始作为激励，不如大扫除吧。连过程也谈不上多么痛苦，我们可以在整理冰箱的时候一口气喝完所有临近过期的饮料，弯腰的时候频频打嗝，把整个人躺平塞到床底下，为了去捡一只袜子，顺便发现"咦！还有五块钱！好耶"，打扫卫生间时更是愉快，给自己加点戏，从乡下插队到维纳斯诞生，跨度可怕。一门心思地擦拭着那块瓷砖上的顽固泥点时，自己到底在想什么呢，还是什么也没有想。人能拥有一刻什么也没想的时间，是非常非常幸福的吧。

　　说到底，没有人喜欢脏乱，没有人喜欢无序，没有人喜欢残局。我们都渴望在井井有条中，自己感觉可以掌控一切的愉悦。我们都渴望一个暂时不错的自己，从焕然一新的环境中诞生。她可以放下过去了，可以了吧，她应该能安下心来，做之后的事，试图成为一个可靠的人。

　　花费了一个星期的时间，打扫得毫无瑕疵的房间，最终其实顶多保持半个月——已经是奢侈啦——很快，又看到它被自己的老毛病所毁灭。永远不能在喝完后第一时间丢弃的饮料罐，签收的快递就这样在门口一直放下去，从阳台上收下的衣服却堆放在写字台……很快很快，又变成了老样子，又是那个很颓废的、很灰心的、不可靠的自己了。新年依然遥远，生日倒是即将来到。那么在生日来到前，能不能提起信心，又一次暗示自己，我要不要试试从这一年开始，做个至少能把房间收拾得很干净的人呢？然后其他都从这点开始：其他——写完一个长篇，锻炼身体，爱一个不错的人。

停战一分钟

貌似科技发达的今天，人类对于天气的预报仍然不能达到百分百的准确。与此同时，据说对全世界的电视节目做一个统计，收视率最高的永远是天气预报。最初听到这个说法时，首先是不相信，但很快地又心悦诚服起来，为这个可爱的结果产生了多余的动摇——看吧看吧，全世界都一样，活成什么样子都一样，在饭桌前训斥孩子的疲累妈妈，在电脑前准备明日演讲报告的姑娘，搭私人飞机的，赶公交车回家的，哭哭啼啼的，笑逐颜开的，醉醺醺的，甚至是蒙头大睡的，无论什么人，只要第二天仍需要活下去，都会本能地顾念一下天气。

冬天的早上为大雾所笼罩，高架上出现了连绵的拥堵，每个司机的脸色都有点难看，打着不耐烦的呵欠。在人群中穿行，延续每一段完结的梦，替它们续出温暖的剧情，让最后伤心的分别有了挽留。雾延缓了时间，让牢骚都变得慢悠悠，等候在机场的人，挂断了最后一个情绪激动的电话，朝天空叹一口气，发现白烟原来也化成了雾的一部分，它居然这样堂而皇之地背叛了自己。

直到一轮太阳升了起来，像对新买到手的唇膏要先试一下颜色的小心翼翼，指甲盖大小的粉，然后缓缓地晕开在雾气和云层里，世界变成了浅金的粉，从这样一个色彩中开始的日子，势必与昨天的倾盆大雨是不同的。我们从来都是一群为天气所摆布的幼小人类。天气决定我们的日程，控制我们的情绪，天气为我们带来悲壮的告别，营造难忘的重逢，完成真正意义上春光明媚的开始，或者在想要埋葬过去的时候善意地下起大雪。一朵满载的云，驼着背来到山顶，它再也走不动了，决心要卸货。视野于是忽然之间昏暗了下来，方才还清晰的山腰，远处的天空，火速消失了，只有雪沉重而均匀地分布，宛如送葬的漫长队列。于是在这种时刻，可以完完全全不留遗憾地把所有都一并交付给纯白的葬礼，再也不会留恋一丝一毫。

再来一个明媚的日照好了，阳光在每片树叶上炫耀自己的存在感，投下的斑驳阴影里，躺着一只野猫干枯的尸体。于是阳光连悲伤的基调也能完全篡改，让人失去悲痛的力气，仅剩脑海中一句温和的陈述句，"啊，小猫死了"。晴朗的天气里，开着车穿过玉米地吧，写完一封给父母的长信，考虑三分钟的人生，未果也不会伤害到自己。

随后呢，台风频繁地出现在电视新闻里，小孩子们开始变得兴奋异常，只等一个停学的通知，等不来啊，怎么还不来，学校好讨厌，老师好讨厌。第二天，街上的人宛如接力着同一把破雨伞跳舞。衣服已经彻底湿透了，谁又在尖叫。雨被风摇得宛如管子喷射，那么总有一两个人会被这类疯狂所感染吧，在台风里下决心，离开一个城市，离开一个人生里的巨大错误，或者更合适的，是下决心去犯一个巨大的错误，多大呢，卫星云图里台风能有多大。

这个星球兀自旋转了那么久，它造出风带来雨，板块与板块碰撞挤起一连串危险震动，它从不考虑其他，只需完成自我的平衡。或许正因为这一点，我们这些渺小的人类面对巨大而冷漠的天气系统时，总是不由自主地试图将它和自己挂钩，像力量对比悬殊的比赛——或许也是因为这一点，让我觉得每天晚上在饭桌边，无论是在聊到什么话题，谈得开心，或者吵得崩溃时，总会突然出声打断"先等一下！让我听完明天的天气预报"时的人们，非常非常可爱了。

在哪一集接的吻？

台版《流星花园》热播的时候，当时自己连个正规的观看渠道都没有，很可能是从小店买的盗版光盘，是压缩成 RM 格式，一张盘能装十四集那种，每个人都模模糊糊的被马赛克浪费了所有优点，但就算这样，看到周渝民的某个片段还是心动了一下，看到言承旭的某个时刻还是突然有了想哭的冲动，很少女了。

当年的《流星花园》造成了多么大的轰动，在时间经过良久后，依旧能复现那个夏天专属于它的偶像剧高温。太多女孩子（包括男孩子）都没有逃过被打动的劫数，哪怕心里很清楚，这一切都不会是真的，是虚构出来的，按照能满足观众的最完美格式，而现实不会发生——所以也恰恰是因为这样，明知道不会发生的事，被演绎出真实发生了的样子，才会让人那么失去理智地想微笑又忽然想哭吧。

　　"偶像剧"这个词，似乎总难逃被看轻的偏见，偏偏当现实生活中出现稍微完满一点的情节，就会被人以"像偶像剧"这样的形容大肆热捧，仿佛那又成了最高褒奖。然而回到剧集本身时，表情仍然总是轻蔑的，嘲笑男主角的有眼无珠，不走常规路，真实生活里怎么可能喜欢上与自己差距那么大的普通姑娘呢？相应的女主角则成了"走狗屎运"的，谁还没有点坚强、善良，谁没有捡到钱交给警察叔叔的义举啊，怎么到她身上就瞬间"和外面那些妖艳贱货不一样了"？早就习惯偶像剧被评价为无脑和不堪了。观众一代代长大，慢慢遇见现实中更多的坏事，恬不知耻活着的犯人，总也得不到埋葬的尸体，谎言集合成的笑容，五十米外的悬崖尽头……真实世界无聊恶劣，事事不遂人心，某天某日某个时刻的日照下，刺眼的是血肉模糊的败局，怎样也轮不到一个女孩偷看的羞赧眼神了。

　　偶像剧似乎也怀疑过自己手头真善美的法宝不再具有力量，想要尝试新的路数，于是它不断地加入新的元素，甚至偶尔完全跳脱固有的框架，但奇怪的是，易被取悦的观众反而不买账了，皱起嫌恶的眉头，原来偶像剧终归是要遵循它势必的套路。又或者我们将套路换个说法——偶像剧它始终得描写世间早已罕见的真善美，描写世间困难重重的一次幸福。

孤苦无依的姑娘，却始终不愿被残酷面击垮，她相信善良和正义是比星空更宝贵的美德，而在她最艰难的时候，遇到了一开始并不相信这类"幻想"的青年：他们彼此嘲讽，互相误会，却又在命运的牵扯下频繁相见，在雨里，在花丛边，在摩天轮下，当彼此内在的冲突被双方化解，他们发现对方独一无二的美好性格成了对自己莫大的吸引，外在的阻挠又试图把他们分开，可没有关系了，什么也不会把他们分离，注定要在一起的人在偶像剧里，注定在一起。

乍看仍是套路，但偶像剧的诞生，里面凝结了每一步对于在现实中失望的观众的安慰，也许自己的生命总习惯被否定，注定在一起的人也总是无法在一起，可偶像剧从不做这样的背叛，在第七集接吻的人，在结局一定美满幸福。

那双小白鞋

都是凭感觉穿的，所以好看难看真的纯属运气。偶尔也会瞄两眼时尚博主的文章，今年流行什么，怎么穿才好看、时髦，仿佛能摸到一点门道，但真的进了店铺（更准确地说是打开网购的页面），之前所吸收的"知识点"尽数抛到脑后，仍然"一意孤行"地买自己想要的款式。很多很多件的 T 恤，很多很多件的卫衣，连帽的不连帽的……这样说来，仅仅是"穿"而已，"搭"字全沾不上边，唯一可以稍微体现出的，无非是在颜色上尽量"顺眼"罢了。

所以从一开始，也不打算以懂行的语气来行文了。更多想讲的是，作为一个并不专业的人，在看许多专业的操作时，内心的慨叹和感激。想要让更多人穿得美，穿得勇敢，穿出新的样子。从帽子开始，围巾、衬衫、牛仔裤的长度，裤管是松是紧，袜子什么颜色、什么图案，能露出多少脚踝，为什么必须是这个长度而不能稍长一点……每每看到有人能为了这样的内容而认真工作，换作更早时候的我没准会因为无知而嗤之以鼻，但到了今时今日的确是剩下佩服的感激了。

当我们终于从基本的生活压力中得到解脱的时候，得到了一些富足的时间来喘息，我们可以不用再忙着赶几门期末考，袜子来不及换，脚趾部分让运动鞋染得黑黑的；我们可以不用在地铁里被挤成一块将碎的饼干，外套带着一身来自陌生人的熨痕逃亡；我们可以不用为了赶几分钟的时间，穿起毛球的睡裤去银行汇一笔急款……我们忙完一天又一天，为了总有一天，能拥有几个小时的准备时间，拥有一间完全属于自己的屋子，堆满过去总在幻想但无法企及的衣物——明明也没有那么昂贵，只是一件件 T 恤或帽衫而已，可为什么从前就是难以拥有它们呢——终于一切就绪，可以开始稍微有点奢侈的新的尝试了：穿搭。它真的需要一点仪式感。它本身也具备很强的仪式感。它让我们相信，有很多微妙的事情，可以真切地让一个人看起来更活泼，腿更长，更能够自信满满地走进餐厅，走进办公大厅，完成她的登场。

当我们终于有这样富裕的时间，可以让美渗入到更细小的布料，那个瞬间，已然是新的人生了。

小时候的衣物很少，更缺乏美的意识。做不到对事物的幻想停留在巴掌大的区域，不知道也许把袖子稍微挽高一点，衬衫换一个颜色，裙子卷高两厘米，就能改变那一整天，而后让那一整天改变随后的一个月，随后的一个月改变了我的人生。

哪怕不对穿搭作那么重大的期望，让它融化进日常，它改变不了什么，却足以改变我了。如果真的有一天，可以成为对袜子的材质、长短、图案有精确要求的人；如果真的有一天，拥有从浅到深的所有蓝色牛仔裤；如果真的有一天，在镜子前熟练地挑拣出想要的样子，那应该是过去的自己从未奢望过的。毕竟她一年只有在春节时能拥有一件新的大衣，一双小白鞋穿了好几遍，太阳下一晒就黄，妈妈教她的方法是晾晒时拿草纸盖在鞋面上——对这样的人来说，有一天对"穿搭"开始感兴趣，甚至有能力去学习它：为了让自己生活得更美好，她也有能力让自己生活得更美好了，小白鞋上贴着的两张黄哈哈的草纸，可以永远地揭掉了。

Chapter 4

I'm fine,I'm just not happy

愿无人知晓

"如果你只属于我一个人就好了。"

"为什么要被更多的人喜欢和知晓呢。"

"我怎么总时常觉得他们都不适合。"

"只有我才是最能明白的。"

"若说我狂妄，自大，愚蠢——大概真是这样吧。"

"但即便如此，我一如既往地希望，没有那么多人喜欢你就好了。"

她在偶像的专辑签售会结束后离开，内心和临近深夜的公交车一样空空荡荡，她明明在手指上下了分布不匀的力气，可还有最后的理智在提醒着自己，不要把手里的专辑封面捏出折痕来。只是这点最后的理智犹如点燃的香，能够被目测到的速度渐渐化为无踪。她突然觉得，之后也许应该别那么狂热于对方了。

　　我大概是具体地忘记了，首先有这份意识时，是对哪一个痴迷的对象所产生的。好像是一个漫画家，一部动画作品。也可能是更标准形式一点的，一个乐队，一支曲子。或者就是一部电影，一本小说吧。好在它们大都遵循同样的流程：发现时的欣喜若狂，然后是犹如高高抛出的石子，追着高点而去的弧线上，声嘶力竭，巴不得对身边每个人都极力地推荐："他（她，它）是真的很棒！""我之前从未曾遇到类似的！""感觉截然不同！""非常神奇！""他（她，它）特别治愈！""特别另类！""特别精彩！"然后结句多半也是："你一定要看！""你一定得看啊！""你肯定会喜欢的！""我想你一定会和我一样喜欢！"

　　那颗披着阳光的石子，一路就要无视地心引力，朝流云的根部欢腾地直奔而去。但之后的下滑是怎么具体发生的呢，过了最高点——总有个最高点在那儿——以后，它开始紧闭双唇，静默地俨然义无反顾地朝没有光和没有人群的水平线下坠。

　　成了一颗与最初的恣意大相径庭的，仅仅是个灰色的小点。可唯有自己能够明白，这是裹紧了全身，没有半分遗憾和被迫，一切都是自愿，是自己所选择的，让这颗一度沸腾的心迅速冷静下来，缄口不言，犹如守的是个秘密般，愿意和着一些牺牲的付出来换得它的暂时不为人知。

既然这是自己那么那么喜欢的人事。

尽管这是自己那么那么喜欢的人事。

我们对自己所珍爱的，实在有些过于要求完美了。它是养在玻璃罩下弱不禁风的玫瑰啊，我们这样想。一点点的质疑、忽略、不解和误读，大概都是致命的。

——大概这是其中的主要原因之一吧。

没人能够完全符合自己的标准，哪怕说着"的确是很好啊"，语气里一丝微妙的客套也能被当即检验出来，所以更别提类似"有吗"这样的反问了。或许有过几次经验，之后便会选择更加投机的方式，这个更加投机的方式就是，不再宣扬，不再提，不让任何人知道那个人或事物的好。"我觉得自己还是有完整的能力，可以供养你这朵玫瑰的，如果你认可我也是那只小狐狸的话。"就永远一直在只有我们俩的星球上生存下去不行吗？

感情最终还是想要霸占得更多了。头脑中也计算过很多次很多次，隐约了解，喜欢的人事是一个固定的数值，似乎有越多人知道，属于自己的那个被除去得来的部分，就会越加稀少。

啊，你得了唱片大奖，一下子有那么多人，好像开始对你投以关注了呢。他们居然好意思用一副发现新大陆似的口气，说你在领奖时有多么多么萌。他们知道个屁；你的作品被翻拍成了电影，也带动了许多人知道了原著，怎么能有瞎子说电影比原著要好看呢，这样的人不配看你的书啊；只是因为这个角色不同寻常，作为演员的你仿佛一夜成名，每天微博上会刷到许多人犯花痴般高叫你是多么帅啊多么帅，他们说要做你一生的粉丝了，要追看你的每部作品了，要把你过去的也重温，要开始喜欢你了，而我的心情突然一下变得那么焦急。

会有人比我写更长的信给你吗？他们渐渐还真的把你了解透了，我收藏的视频他们也从网上找到并全部看完了。会有人在现场哭得比我更大声吧。他们干脆还比我考虑得更仔细，给你的每个礼物都用你的应援色包装纸包装好了。

是有这样的想法，就不是真正的粉丝了，还是恰恰相反，正因为这难以摧毁的偏执、自大才是可以成为你标准的簇拥呢？

早前非常非常喜欢的漫画家，为她写过许许多多推荐，那会儿就是板上钉钉的脑残粉了，脑门上贴着巨大的标签以至于谁都能老远就看出来。而后看着她一步步由小众走向了完全的大众，哪怕自认为内心报以的是祝贺，想她曾经在漫画附录里写过初次去办签售时手心全是汗，但至少现在应该不会了吧，她的事业有了极好的飞扬式发展。可仍旧不可否认的是，欣慰中还有一丝宛如在站台送走知己般的伤感。似乎真的是这样，觉得能够有对方的陪伴的时光是何其美好，也相信等待她的前路会是明媚春光，只可惜自己没法赶上同一辆车，只能隔着玻璃摇手说"多保重啊"。

很多年后遇到有人向我推荐说，"有个名叫 ××××的漫画家非常不错的，你可以去看下"，我停下手里的工作，对着屏幕愣了半秒，然后低低地笑起来。"嗯是哦"，我回复对方。

还是存在一条很奇特的，活着一般的线，它今天比昨天朝东了些，明天又往西偏。在线这边的，还是会让人继续积极地为之叫卖："欸可好啦！""相见恨晚的感觉呀！""你听过没？""看过没？"但在线条那一边的，上着沉沉的拉门，锁在那里日复一日地把守着，里面究竟藏了些什么，外人无从知晓，他们也无法目测这之后的空间有多大，有多深。

或许是一个狐狸和它的玫瑰的星球吧。

关于这个星球，相关的心愿仅一个，"如果你只属于我就好了"。这里说的属于连真正的从属关系都谈不上，你不需要知道我的存在，我们不需要变成相熟的人，你离我依然那么远就好，只要，没有那么些其他人知道你的存在。

到如今，我还会梦想着这件事的成真。

你的男朋友

　　然后时不时地，你感觉蜕壳般地完成了又一轮更新。你回头看去，那个被抛下的躯壳，一直以来它应当是皱巴巴的、干涩的，脆得快要失去所有水分，可这样的脆中间偏又带了一点死缠烂打似的韧性，不伦不类起来就让人觉得有点脏，于是更要加快动作把它抛到身后，甩开它往前走。身体是轻了一点的，精神上大约也有了一定规模的脱胎换骨，再回头看看那已经倒伏在地上的"过去"，你觉得它是多么好笑，自己原来是借着它的庇护，装疯卖傻过，无知无畏过，一厢情愿过，自作多情过，爱得不得体过，恋一次虚无过。

　　你觉得它明明那么好笑。你向前走，无须用到"下决心"这样隆重的词语，往前走本身也意味着具体的改变。你自信会变得冷静下来，理智下来，然后不如再酷一点好了，冷漠下来，嘲人嘲己，擅泼冷水和戳破所有不切实际的泡泡。"不切实际"

大概是今后的你最为反感的毛病了。"实际一点吧？""实际一点好吗？"你经常说这样的话。大概说得多了，就真能做到吧。因为你实在太记得那些"不实际"是怎么一回事了。

你又按捺不住回头看一看被自己蜕下的壳，它化进泥土里去了，谢天谢地，它化成了泥土的一部分，但在上头，好死不死地又开出了如此不切实际的一朵花。摇摆的节奏也一如过去的你，招摇兼具深情，傻笑不断似的一朵花。

—— "你听我说你听我说呀……"
—— "哎你看了没？啊你也看啦！是不是？是不是我说的那样！"
—— "我的妈啊！我之前怎么没看见过这张？！"
—— "拼死也要见到他！"
—— "我要死了啦！我要哭了！"

你当时在说这句话的时候，并没有半点"夸张"的修辞心理。你觉得这话说得是百分百的真实，你确实有那么一部分要激烈地死去的心理，而与此同时，大概也的确把双手盖到脸上，揉出非常鲜活的一点盐分。

也是了，这仍是过去的你，不比现在，现在你甘愿认领"高冷"这样的词语。对于每个喜欢的"对象""人物""角色"，如果不能在最初首先禁止自己产生感觉，那么至少在随后的过程里可以维持理性的姿态。非常理性而严谨。知道对他们什么是最好的。买他们的唱片，买他们出演电影的电影票，买他们的写真集，买他们代言的产品。因为这类支持方式是最能够直接转化到改变他们的生活，被公司认可他们的存在价值，从而换来更多露脸机会。你对他们的感情，是撇去了所有浮夸泡沫的，所以它沉淀得足够有后劲。甚至于，当传来被确认的恋情新闻，你不难过也不震惊，你是发自肺腑地为他拥有自己的幸福恋情而开心。"反正他本来也不可能是属于我的。"这大概是写在入门守则上的第一条，早已心里有数。

到底是，也见过了一些风雨，长了一些岁数，知道什么是真的，什么是被自己无穷无尽的想象篡改的虚拟世界。懂得"他们又帅又温柔又完美"但"从头到尾不会是我的"。妥妥的。拉钩上吊。连带对他们的称呼也很少用到男女朋友间的称呼，更多的近似家人。家人似的感情就很好了，不是么，可以天长地久下去，牢牢靠靠的，安心极了。不比"男朋友"这种，浮躁得要命，花痴得要命，剃头挑子，一头热得要命。

——所谓的理性，大概就是事先回避了一切的不可能。

你如果还能大致回想起自己一头热的时候，想起他就傻笑不过是基本反应，但更多的是，在暗中竟然默许自己肆无忌惮地遐想，遐想你们在这个世界，在平行宇宙，在十年后，没准就真的有了机会。你全不害臊地想，想出一个景、一把雨伞、一个咖啡店甚至一间空卧室，不行了，需要甩甩脑袋让自己冷静冷静，但又在这个节骨眼上打开他新的视频。视频里他被众人拥成一小段颜色，但就是那一小段颜色，也让你涌现了强烈的占有欲。这明明是多么不好办的事情啊。可你就会义无反顾了，你全不要日后的"理性"与"冷静"，放任自己的情感在此刻走一次火吧，子弹擦到远处一棵高挺的树，叶子在夕阳下飒飒地掉，堆出一个可以把你淹没的影子。你把自己藏身进去，对心里、对天、对绿色的红色的世界介绍"他是我男朋友"。羞羞脸。又无望又甜蜜。

所以比起现在的温厚情怀，反倒是这样无法拘束的感情，更耗费人心。真的太耗费了，力气流失得更快，所以不能时常地出现这样的情况，要避免。怎么避免，大概是再成长一点，年龄再增加一点，蜕掉越来越多旧日的自己，就可以了吧。

你终于又一次回头，当时那朵傻笑的花，怎么还在原地摆幅呢？说的还是那没羞没臊的六个字。

小傻瓜啊。

"之所以"与"是因为"

审美品位是至关重要的事，我以为。

但比起难以准确定义的"高下"之分，更重要的倒是它对每个人产生的不同作用。

这和"性格决定命运"又不同一些。而是在很多时候，我们为什么会选择和这个人做朋友，为什么会在这件事上做这样的决定，为什么从事现在的工作而不是别的，为什么学习这个国家的语言而不是别的；我们为什么兴趣爱好是 A 而无法对 B 有半点兴趣，为什么会拒绝他，为什么会毫不犹豫地遗忘它；我们捡起了什么，丢掉了什么；我们最后抱在胸口、紧紧抱在胸口的是什么，用了那么大的力气，要让它的颜色、气味都渗进身体——原来原来，最后最后，这些都是由我们各自的审美品位所决定的。

然后我们才各自变得那么与众不同，并且又要在自己的路上这么执拗地走到黑。

遇到一个陌生的人，那天环境不是在饭店里的某张圆桌上，一盘毛豆角和一盘卤味的味道。遇到一个陌生人，也不是在什么音乐轻佻悠闲的咖啡馆，一盆绿植把水养给多了发了黄。遇到一个陌生人，在你家楼下，既家常又整洁的小路上，也有剪得不算平整的草坪，地上掉了很多昨晚雨后打落的花瓣，同时耳机里放着正是自己喜欢的歌，我摘下耳机，听他对我问话，"你是某某小姐吗"，"对我是某某"。天是半晴，又没有特别直接的阳光把两个人的缺点都照得分明。一切都印证了自己的审美，包括对方走路时是在右边而非左边。

就是这样。

再普通一点的例子，城市里那么多商业圈，有几个离自己的距离都差不多一样，但总去的只有一家。因为那一家会有卖印着绿色兔子图案的卷筒纸，有卖带耳朵的袜子，一楼中庭里有一只很漂亮的长颈鹿雕塑，而后总有股无法分辨来自哪里的香味，于是不管怎么看起来，从上到下，都是其他商场比不了的。成为这里的常客，一个礼拜至少逛一回，什么也不买都没关系，就成为生活习惯似的逛逛。那么以后在远方，回想自己的故乡时，都要把它拿出来单独额外地想一想，它很多时候就成为家乡的重要象征，于是连家乡长什么样，也成了由我们的审美所决定的。绿色兔子图案，带耳朵的袜子，混合成偏方的香味。

再有呢。

和朋友们聚在一起聊天，对同一个话题，大家开始畅谈，那部电影哪里好，哪里不好，我喜欢，但我不喜欢，原因是什么，哦你觉得它做作，但我恰巧是被那个古怪的做作所吸引，欸算啦，求同存异嘛。说到某个偶像组合，一直不明白她们为什么那么走红，感觉看不明白，哦哦哦那我来告诉你，至少我是的的确确被她们鼓励到了，战国中厮杀出来的拼搏感，大概那个是对了我的胃口吧，看她们写的独白，有时候是真的难受，自我代入式的难受，又想，是不是我也可以像她们一样呢。

到后来总会出现极端一些的。

和父母们争执，不行我就是要这样做，我要在今年北上或南下，那里才有我的生活。比起现在放弃的，我在那里才能够寻找到更多。它们是会令我的生活充满喜悦的，而不会像现在这样，但凡想起，就觉得没有意思的日子。你们觉得有意思，不代表我也得觉得，你们习惯的安逸，那却不在我的审美里，我希望自己是忙碌起来的，真真正正是在做一份事业，哪怕熬夜加班，也不会耗损我的热情。因为我所做的是自己喜欢的。

行囊里放什么，特地挑选的夜车，沉甸甸的也充满了离别的情绪，但恰恰那是自己的品位。

大多数时候，觉得喜欢一个什么，很难说出具体的理由ABC——曲子的风格，摄影的角度，戏剧的走向；手机的外形，APP的图案，底纹的冷暖色；连每个国家也有它们不同的审美品位，有的爱羊肠小道，路尽头升起一座被鲜花包围的教堂，有的爱笔直宽阔的大路，云下面都是熙熙攘攘的脚步；而我们选择了什么，就成为什么样的人。性格里有天生注定般的使命感，让我们读A的小说，去B这个地方，听C那样的歌曲，和D那样的人恋爱。这都源自我们的审美。小说里有这样的人物，城市里有这样的面包，音乐里有这样的空灵，和D常年穿西装的癖好。和他的纠缠不休，也是因为认定这样的爱情才是美的。虽然换到别人，也许有冷静对待的，因为在他们看来，死缠烂打恰恰是不美的。

如此种种不同，全都愉悦极了。

——我喜欢暖而清爽的……

——想要自由自在的生活……

——规矩和条理却是最美丽的，世间万物都在其中。

——最初买那本杂志是被它的封面吸引。

——就是爱你这样，矛盾重重的灵性。

采进来，放进篮子里，篮子的大小也不一样，所放的地方也不同，但我们各自拍拍手，"差不多了，很满意，这都是我自己喜欢的，我的品位们"。

"羡慕" "感激" 与 "成为"

我得回想一下——肯定是有的，那种呆呆地隔了一些距离，不算远，可以说是很近的距离，呆呆地看着人群中间的他（她），然后呆呆地想，他（她）真厉害啊，真的了不起，真的太棒了，好出色。呆呆地羡慕。他（她）和自己差别好大，不仅什么都知道一点，更多的是什么都知道得很详细，不是泛泛的，他（她）有很博的知识储备，有很强的逻辑思维，有很厉害的记忆力，有极强的对美的感悟，他（她）的幽默感很棒，可以瞬间捕捉到事物的闪光点，然后思考它发生的原因，继而模仿并学习，他（她）就算也会遭遇障碍，面临问题，但绝大部分都能解决。更重要的是，他（她）的确在一个更大的范围内，改变了一下不少的人，甚至是影响了一点点行业内的规则，从而推动了一下懒洋洋的盲目的世界。有时候如果能够几乎近距离站在这样的他（她）身边，呆呆地那样看着，想着"才华"到底是怎么一回事呢，应该此刻就具象在自己眼前吧。而自己在大多时还是处于二分聪明人和八分普通人中的那个八分里，会遇到非常多的"不明白"和"不理解"，还得从最基本的"概念""知识""程序"去练习、去学习，而稍有脱节便很难再跟上，瞬间成了一个放弃在书桌旁的失败者，想着今天去玩什么，明天要吃什么，什么时候能够毕业，毕业后该干什么，还是早点退休的好，真不喜欢上班啊。

　　到此刻难免消沉，当那些"心灵鸡汤"喝得再多，也总有一天发现许多事物是存在先天优势的，这份优势能让拥有它们的人一骑绝尘地朝普通人无法想象的高岭扶摇直上地去。普通人只能如同量产的服装那样模仿和盗取他们的创造，"我大概也可以""我必须要努力""我虽然才华不够但我可以努力"——当差距过大的时候，已经没有了嫉妒和懊恼的可能，只剩一份特别简单的"羡慕"，"羡慕"中甚至是带着感激的，感谢他们的才华，和因此带来的创造，他们是以自己的才华二次消化了世界，转化成可以被更广泛理解和接受的方式，重新交还到碌碌的大众手里。于是我们所有享受到的，我们看的电影，读的书，翻过的照片，走过的路，坐过的车，车上装载的新型电子钱包，下了车喝到来自异国的咖啡，头顶的飞机，路两边经过多年的栽培已经美丽蔽天的梧桐，手机里弹出的消息，从环保袋里滚落一块蔷薇香的腮红——我们日常中的一分一毫，全都是在无数先行者的才华中诞生的结晶。

我总是还能记得那份"羡慕"和"感激"生成时候的心情，会情不自禁地想，做一个像他（她）那样聪明的人、睿智的人、有远见的人、思维方式高超的人，会是什么感觉呢？可以轻易粉碎难题是什么感觉呢？可以简单地透过现象，看到本质是什么感觉呢？为什么许多人都做不到这一点？面对迷宫时，可以在脑海中迅速提炼出数种抵达的路径又是什么感觉呢？大部分情况下我们都干脆放弃了踏入进口。很清楚地明白差距和自身的能力时，几乎无法那么空洞地鼓励自己去"成为像他们一样的人"。我们得承认有无法抵达的地方。

但这也不会影响自己去努力，改变不了世界或周遭，但或许能够在学习的过程里，改变一下这天的自己，改变一下本周的这项任务评分，改变一下这个月的心情。十次里，有一次，有两次，可以透过现象，看到了它的本质，那也非常非常值得高兴了。我们是享受着许多人的才华，也许培育不出同样的花朵，但只要有一天冒出了两片绿色的叶子，它甚至没有花苞，但那也是值得庆祝的一个黎明了，想要把它留得更长久一些，让它暖洋洋地长在胸口，这是我们自己可以"成为"的方向。

　　我想还是会有下一次，很呆呆地遥望着不可企及的人们，羡慕地想着他（她）是怎么能够做到的呢，他（她）那么的了不起啊，他（她）真的好棒。但只要胸口的绿叶，还在自行地默默生长，它也有它想成为的样子，那一切都依然是美好的。

无名的爱人

再过几年，我回想那个当初在书桌前一笔一笔誊写对方名字时的自己——记忆遥远而模糊，我不太记得是在看那部电影前先有了相似的行为，还是看了那部电影后跟随着做了这样的事，但书写名字的举动是清晰的，非常清晰。学校的宿舍，女生们扎堆的屋子散发着微妙的发酵的酸味，香只是一个错觉，更多是生长时期混乱的互相侵蚀，一个发圈和一杯牛奶，一双刚脱下的袜子和一管刚刚打开的新洗面奶，一个接一个的被窝里，还在交流昨晚做的美梦与噩梦酸软的细节，他在那里只是一个闪回，手在书写试卷时没有声音，梦里的他没有声音，因而只衬托出自己的呼吸多么粗鄙多么丑陋。

就在这样的空间里，还是一笔一笔写他的名字，整整齐齐地誊写一页两页，他的名字有些复杂，很多很多的笔画，写到一会儿陌生了他，一会儿又迎来他的重生。于是纸页忽然模糊了，让人在模糊中确认自己的无能和弱小，自己无能而弱小，却驮着也许数百万倍巨大的那份暗恋的心。

"暗自生长"的"暗"字。

我曾经怀疑过，这也许算是一种技能了吧，一种特别擅长的技能，喜欢一个人，偷偷地喜欢他，偷偷地很喜欢很喜欢很喜欢很喜欢，很喜欢他，但不论有多么喜欢他，不论这份感情是多么地喧嚣和沸腾了，多么地来回折磨又不断刺激着甜蜜的泪腺，但却能做到永远不说出口，永远不能让他知道，他不会知道。这明明是一种技能吧。

身体由一种特殊的材质构成，它是个不会被吹破的泡泡，虽然在被不断膨胀的过程中撕扯出的痛楚一点也不会减少——看，更喜欢了，还在喜欢，今天也是，昨天也是，明天肯定也是，喜欢是没有节制的永恒膨胀，让自己的身体变得越来越薄，听得见它发出疲惫的"滋啦滋啦"声，但无论它变得看起来多么不堪一击的脆弱，每个细胞都在书写"我喜欢你"，用全副的笔力，却自始至终不会曝露，它是世界上最牢靠的秘密。

为什么会这样呢？既无与伦比的强大，又无与伦比的弱小。心理学专家也许会说，一定是有怎样怎样怎样的原因，也许从童年开始的某些经历，从父母身边那里被影响，总之让自己坚信，不能说出秘密，说出口后的代价远比无限的承受要严重。于是乎，逐渐练就了这样一身好功夫，既然小时候也可以自己玩得很开心，那么长大一点，就和自己所喜欢的人在自己的想象世界里玩得很开心吧。"开心"当然不算正确，但终究是自得其乐的。自己的世界，在那里默默地可以漫山遍野奔跑着喜欢一个人，让他在自己的世界里有时帅得没了边，有时又看起来有些傻气，有时候好像是可怜的，再有时是没心没肺的沉默。他已经完全变成了另一个他，只属于自己描摹想象的，所以怎么能好呢？他从一个也许普通寻常的人，被自己一笔一笔精雕细刻得不能更完美了。他自己也不知道吧，明明是个懒散邋遢的家伙，但在另一个平行的世界里，他坐在星星的旁边。

　　一种缓慢而坚实的培养，让他必须更完美，因为得不到，所以越加完美。所以同样地，有时候想，为何要去挑破呢？挑破后他就恢复了真实的模样，和自己日日夜夜培养出的轮廓，终究多少有些让人失意的差异，不是吗？

　　回到那个一笔一笔书写名字的夜晚去。离熄灯铃响还有一个半小时，宿舍正是最热闹的时候，从自己的座位可以看见窗外夜幕下的校园，路灯不愿多做探索，只有零落的昭然，剩下更多的便是沉重的暖夜，绵绵堆着像有一山谷的雪。它和自己的心境多少有点类似。我对你的暗恋是无光的暖夜，什么都看不见，你什么都看不见，但却无处不在，它无处不在。

"暗无天日"的"暗"字。

　　而一开始多半是怎样开始的呢？不太好形容，怎样的状况都有。往往是忽然之间，只要零点一秒就能判断，他将成为危险的人物，危险的，让自己好不容易建出的自尊又在海浪中消失得无影无踪。换个人来评价，明明"也还好吧"，各种形容前都得加个副词"挺"，也就是"挺阳光的""挺帅气的""挺有意思的""挺好玩的""挺优秀的"，"挺"来"挺"去，他好像不算什么万人迷，换成自己来评价，没准依然逃不过那些副词，是啊，也就"还好""还不错""还可以""还蛮幽默""还算有担当"……"还"来"还"去地要在表面功夫上把他尽力拉扯掉一点分数，得向外人证明，他"还好"，所以不值得怎样地去喜欢，那就散了吧，关于他的话题没什么需要继续聊的啦，嗯嗯散了散了。

　　留到一个人的时候去回忆，他发的那句动态写的什么嘛，好傻的，他走过的时候，头顶刚刚好够到第三条红瓷砖的线，自己是第二条，中间差一条。只差了一条。他黑色的外套连穿了两天啊，赌一把明天会不会继续，赌赢了又怎样呢？赌输了又怎样呢？他从楼梯上下来，从楼梯下上去。他的名字笔画很多，写起来果然是能够如同一场很长的麻醉。

一个人独自地却并不沉默地想，完全安静不下来地想。

去闯一下警戒的红线是什么感觉。只要想一想，"要不要去告诉他"，只是念头一起，听见警报声如何大作，红色的光旋转在眼前，一切都在滋生自己的恐惧和不安。要不要去告诉他，不行。能不能让他知道，不可以。一开始明明就说好的，但这是一个事前已经立下约定的协议，没有其他任何条款，唯独仅一条，只有这一条，"不能说"的一条。说了以后，一定会很可怕，会很糟糕，会无法挽回，再也不能光明正大地和他擦肩了，再也不能处心积虑地安排自己出现在他将要到来的路线上了，自己会缩成一个脱水似的蝉蜕，只想躲起来，想要从他面前把自己抹杀，一定的，会想要一个《黑衣人》里似的"消除记忆器"，只求他从来没有听到自己的表白。

"暗室求物"的"暗"字。

然后让自己独自走回家的路好了，能路过很开阔的河堤，拆迁的房子留下波浪般起伏的破砖乱瓦，砖头与砖头中间生长着野草，散落的还有更多薯片袋或者矿泉水瓶，河对岸的化工厂朝天空举着白烟。一路走，一路怨恨，怨恨完又对自己释怀。从来都是自己的选择不是吗，是自己说，就这样偷偷的悄悄的，忍耐住不去想关于他的一切。只是想想就可以满足。哪怕在自己的想象里，他都还是不近不远的距离，没有过分亲昵的举动，走过来弹一次自己的额头，递来一份咬了一口的汉堡，或者忽然抽走自己的手机，于是当然要追打上去啦——到这样的程度，就已经很满足了。

　　一边踢着废墟上的水瓶，一边绝望地想。远处白烟扶摇直上，它也不会看到自己吧。过了很久，十几年，发现人的个性不随时间轻易改变，身体的材质仍然由那些固定成分构成，它可以装下很多庞大的心事，但束口依然严丝合缝。十几年过去，会遇到各式各样的人，但唯一帮自己反复确认的，便是到底是哪天开始修成的技能呢，放任自己去建造一个世界，在里面养殖唯一的花，可以送他的花，但也是永远不会送他的花。

　　要很辛苦地维持，对啊，日常生活里，是个活泼得有点三八的样子，是个严肃得有点无聊的样子，是个好像只喜欢上网购物、浏览美食、刷偶像新闻资讯的人，怎么也感觉不出有秘密的样子，什么都可以坦荡荡敞开。而其他人当然不能发现，他们不会发现，驮在自己身上的真实世界，让自己原来随时都出于恋爱中的样子，和永远不会知道的他，谈着他永远不会知道的另一种恋爱。

　　"暗恋"这两个字。

一起喜欢一个人

我记得之前曾经有过一期关于"不想让自己喜欢的人被太多人喜欢"的主题,而今天或许是截然相反的态度——"到底怎样才能让我所喜欢的人可以被更多更多的人知悉,被喜欢呢"。这么想着的时候,心里还真是挺焦急的,老觉得像掬着一捧水似的慌张着,潜意识里赋予自己重大的使命感,带着拯救般的不容推脱的使命感。

他(她、它)得更广为人知一些才行,无论如何,目前来说还是不够,并不是自己贪婪,而是很冷静地判断过,他(她、它)完全可以得到更多人的喜爱。潜在的受众群明明很广,但此刻他们仍然只是在街头错身而过般地无知无觉。所以得吆喝一下才行吧,不能相信"酒香不怕巷子深"的话,那一定是反对势力的阴谋,嗯嗯,得很卖力地吆喝出来,被旁人用奇怪的眼神看也没有所谓,被反驳"我觉得一般"也没所谓,频繁地用热脸去贴了冷屁股也没所谓，这些付出都是应当的，既然他（她、它）值得这一切。

换个看上去更功利但也更直白的说法，他（她、它）只有被更多的人知道了，"火"了，纷纷涌向他的资源才会成倍地增长，于是自己也能从中获益，可以看到更多关于他（她、它）的消息，购买更多他（她、它）的作品，可以在很多杂志封面上发现他（她、它），于是每一个街角都在邂逅。而他（她、它）也有了更多的机会吧，走向了他（她、它）自己之前都不敢设想过的人生，可以过得有更多的选择权了，能少一些让人心酸的低头，能够实现一些原本非常高远和渺茫的梦，或许有一天也能见到他（她、它）心中的偶像了，有了从小就盼望的交集。整个人就这样闪闪发光，闪闪发光了起来。如果能够更加广为人知的话……毫无疑问是件非常非常有利的事。

所以你看，连人最本能的自私都可以不复存在，绝对不希望他（她、它）成为仅属于自己的东西，万万不可，得让越来越多的人知晓才行，他的才能可以看得见摸得着，她在电影中跳过一段至今也会出现在自己梦里的舞蹈，它有几万种的颜色变化，它有最奥妙的叙事结构，它毛茸茸，他和她有时也是，毛茸茸的……

明知道向外推销不是件容易的事情，尤其对自己这样性格的人来说，要表现得很和气很亲切，还得时刻按捺住失落或暴躁的心情，真是不容易。本来人与人之间的差别也如此之大，你之熊掌我之砒霜，尽管自己完全是抱着献宝的心情，可从来都无法准确揣测会不会有一杯热茶被摔砸在地的冷遇。所以多多少少还是遇到过的，没办法啊，判断错误，他们大概不是受众群吧，所以之前自己吆喝再多，屁颠颠地跑了很久，一脑门子汗的推销员站在终究被甩闭上的大门前。但，也很正常的，对自己说，不要气馁啊，不要气馁，更别放弃，别恨，当然不能就陷入负面啦，好的，继续，继续下一次的出发。

不想他（她、它）被错过的同时，也是希望着应当会喜欢他们的人有一次充实的收获，毕竟想想当时自己是怎样如获至宝地发现，原先并没有抱什么特别的期待吧，只是点开某个网页，走进某家书店，坐在电影院的椅子上时还漫不经心在翻手机，在电视前满头大汗地拖地，但后来发生的都改变了，后来的一切都改变了，原本很可能就此错过的人或事，在那个当下毫无预兆地降临了。这是哪怕此刻回想起来，也会忍不住感叹自己幸运的瞬间。那么，同样地，假设有和自己相似的人，也多么希望他不要错过，一起来喜欢一个人吧。

减去的

昨晚躺在床上的时候，发现自己想不起来高中毕业后的那个暑假是怎样的了，整个儿的模糊，宛如空白。尽管在试图回忆的时候，认定那应当是一个难以忘怀的夏天，应有的焦虑被豪雨冲洗出圆角，一颗颗硌着脚底，可最终脑海中什么都没有浮现出来，一声蝉鸣，一朵栀子，什么都没有浮现出来。当时就想，噢，终于差不多也到了这个地步，不再重要的过往愈来愈多，它们被新的回忆所替代，不论曾经是多么温柔到伤感的时光，终归会变得无关紧要，一定会变得无关紧要。

总是沉溺于过去的人并不轻松吧，以被自己篡改后的美好面装饰了斑驳的往日来路，背转身把面孔朝着过去，就是不想面对危险或浮躁的将来。所以慢慢地意识到这一点后，我也多次想提醒自己说，别回忆了，回忆不是药，它的功效短暂又偏激，是一道水面，折弯了原本笔直的木筷子。

尽量别去想，某年，某月，某日，某些人，别去想，温柔而伤感的水面下。

但那天突然听同事说，已经五年过去了呀！什么五年？杂志已经创办五年啦！2010 年年底的第一期，照例说 2016 年就是第六个年头了哦。真的吗？真的吗？真的吗？——我一时没有办法相信啊。时间原来过得这样快。五年而已，经不起眺望的，一回首已然完结。它或许离得很近，片段和光影还清晰：白色灯光的新办公室；电脑里文件尚且寥寥；一张巨大的椭圆形办公桌，开个会却连个角也坐不满的人数；一本新杂志叫"文艺风象"——光是定名字就想破头，一个月后才敲定下来，但在确定名字前，倒已经捶胸口似的一脸坚毅，"要做得很治愈系，关于生活！生活方式""要很美，没有别的要求，就是要很美""很美已经是一个非常高的要求了好不好"……已经是五年前。

其实以五年为一个时间节点，可以提炼出的标志性事件会非常多，仔细清点起来，才意识到，没有自己所以为的那样，仍然发生了，正面和负面的许多事，积极和消极的许多事，分开又重逢，然后再有一次巨大的分开，并还期待着在遥远的未来仍有一次不期而遇。所以不如说，好像是比过去老练了，因而那些并不微小的事情，也最终让它们以微澜的方式被记录了下来，胸口只怀抱一枝不言不语的柳条。

五年前《文艺风象》诞生的时候，可能并不明显，一定更稚嫩些，更无畏些，更天马行空，但时间还是给予了每一分每一秒切切实实的烙印，让五年后的自己，以及所有其他人，都稍老练了一点儿，更谦逊了一点儿，适应了脚踏实地的方式。

一本杂志的诞生，不会是多么惊天动地的大事，它自如地发生在五年里的每一天每一个时刻，如同一家店铺开张、一对恋人相恋、一棵树在春天后重生、一只猫发现了新的抓板一样，都是一样重要或一样不重要的事情。而被类似这样的各种发生变化贯穿的五年就如此过去了。倘若要隆重地命名它，它便隆重；倘若要轻松地提起，它便轻松。它始终随我们摇摆的心境变化而变化，忽如一轮跨在冰川上的巨大红色月亮，忽如落在手掌里最后一片银杏，全随我们来决定。

那么，就在这久违的一次回顾里，我打算好好地纪念它，像纪念任何一家店铺、一对恋人、一只绿眼睛的猫那样，纪念2010年年底的冬天，什么都冷而热烈，一本叫"文艺风象"的杂志，我当时希望它像落在肩头的雪片，渗进身体时已然是温暖的。既美又温暖。

开始了

先前看到网络上的一个话题，因为对快递员说了一声谢谢，被室友嘲讽"装"，这样一件事引发的讨论，比我想象中讨论的热度高得多。当然大致的意见都是赞同题主的，同时里面也包含了许多对"致谢"这个行为的分析。有一位网友引用西塞罗的话说"感激并非世上最伟大的美德，但却是其他所有美德之母"。

对出租车司机说谢谢，有些人会，有些人不会，对清洁阿姨说谢谢，有些人会，有些人不会，但那也并不一定意味着不说的人就缺少了什么，很多时候只是没有意识到自己一样有感谢的心情，以及它们其实挺适合被说出口。

很多场合下的道谢更接近社交礼仪。成为一个更懂得尊重他人、更谦卑、更富有善意的人，是这些年当一切都在进步时，我们得以有机会展现出的全新的精神面貌。习惯于对人道谢，不会因此降低这个词语的重要性，更不会让别人为自己贴上"伪善"的标签。这个时候不知怎么忽然在脑海中闪现出很早很早以前的一首歌歌词"只要人人都献出一点爱"呀，真的就是这样，"一点"，充其量也只是"一点"而已，举手之劳的"一点"而已。

我很喜欢的人们，多少都能从他们身上看到类似的风貌。常常是在第一次见面的时候，他或她说话声音不高，有可爱的口音，或者颜色的语调，但随后他们很自然地在和我聊天时从座椅上站起来把位置让给了一个老人，或者走很远去扔一个喝空的饮料瓶，或者对饭店里上菜的服务生说声"谢谢"……就是在这样一个短暂的瞬间里，我知道他没有刻意，而那一瞬间便能让我觉得，对方是个在善意和积极的环境中生活着的人，而这一点恰恰是我们往往轻视的美好和宝贵。

塑造一个总是怀有被害妄想的角色，需要追根溯源到他的童年，他的过去，他是如何被父母对待的、如何被周遭对待的，他第一次学着故事里的主人公把捡到的钱交还了主人后是受到了怀疑还是受到了夸奖，他在帮助过好友后好友却把他出卖了，到头来他内心深处最大的害怕便是这个世界上所运行的美好都有可怕的真实一面，所以能防则防。

　　那么再来一个不会惧怕的姑娘，面带微笑的姑娘，她的童年是如何度过，她有怎样的父母，父母教育了她什么，把捡到的物件交还给失主，就算反遭怀疑，却不要因此认为是自己的错误，她遇到怎样的老师和邻居，又结交了怎样的朋友，在困难的时候习惯帮手并且不会被得失所伤害。慢慢地，十几年、二十几年过去，她虽然从来没有明确地考虑过，但一直背挺直的，脸上带有新鲜的微笑，走得很快，走过开花的槐树又会慢下脚步来。淡黄色的花朵，依然是这个世界包围她的所有善意，她从地上捡起一串来，花香未来就被传递到下一个人的手里，是送外卖的小哥也好，邻居的阿姨也好，阿姨家的小胖娃娃也好。

　　我们到今天仍然很爱说那句"希望你被世界温柔相待"，而这句话实则一点也不容易，它往往被摧毁在很多细小的事物中间。好在同时它也拥有顽强的生命，所有细小的温柔和关爱，从一个和赞美有关的词语开始，一个和祝福有关的词语开始，一个和感激有关的词语开始，先从一个"谢谢"开始，说得珍重说得轻快都行，都是一个微小而饱胀的开始。

换个地方重逢

不在电脑前的时间，几乎都在刷手机，是标准的"低头一族"。入了夜，躺上床后也和许多漫画中那样，脸上被手机照亮一块方形的荧光。这样的举动似乎主流价值观总会给予批判，但没有改正的意思就对了。完全没有哎。

这个时代给予了许多像我一样的人另外一种生活模式，对外非常闭塞，能够产生的接触总是越少越好，但同时矛盾而不甘的内心总是活跃异常，试图寻找到一个最方便的办法，始终还能和万事万物保持关联。互联网的诞生解决了第一个阶段的难题，而手机网络则进一步甜蜜地腐蚀了我们——心愿已经完全实现，躺在床上久久没有入睡，是因为觉得世界仍有什么大事需要自己去解决，有什么消息正急需被自己确认，陡然地妄自尊大了起来，以至于在良久没有刷出新的内容时，失落得异常诚恳。

　　所以对于忽然激起手机一个震动的，任何一个未读红点，依然觉得它是带有温度的。

　　很快地，我们吸收资讯，打发时间的阵地从博客换到微博又换到了微信，任何时候手机里都带着许多未相识的人说的长篇大论或三言两语，我们和他们从来不曾真正打过照面，但首先却是在最近的思想层面。首先知道了他们的所思所想，所赞成的与所反对的，在那里辨认出同好的气息，迅速地加入探险橡树林的小分队，或者更快地知道无法同路，礼貌地在路边道别，走上不会回头的两端。

　　在现实世界里至多两三好友，但手机网络上却提供了更多交心的可能，而除了交心之外，最大的感受还是的的确确知道了非常多新鲜的事物，非常非常多。为什么会对别人的好意无法轻易接受？观看银河的好去处是哪里？什么花可以直接品尝？今年金牛座的运程如何？或者只是再念一段《红楼梦》给你听……没有什么是必须知道才行的，但有足够的闲暇可以去关注那些非必要的内容，把它们松散但充盈地揽在胸口，而后是宛如一连串小跑赶到家，往地上床上匆匆一扔，不需要立刻整理不需要当即复习的资料，只要堆满了就行，就可以度过很长很长的冬天了。

　　微信公众号里一排已经点开或未点开的头像，是冰箱里的苹果，一二三四五六七八九颗；是抽屉里的素色袜子，红橙黄绿青蓝紫加上黑与白；是一顿午饭结束后的茶；是歌曲列表里的精选；是我们为自己生活筛选出的队友。宛如居住在同一个村落，平日并不会时刻相见，日出时有谁家已经拉开了窗帘，谁家到了午后依然门扉紧闭，谁家说话声总是大些，喊着让人一惊一乍的句子，谁家更像邮局投递员，每天送上一张带图案的明信片。直到日落，有了炊烟，有了架在屋顶上对准星空的望远镜，有了一堆篝火在不远处噼噼啪啪燃烧，让自己愈加睡不着了，从床上爬起来，看着昏沉夜色下的光点。

　　要不要去那里重新聊个天呢？说说自己最近喜爱上的衬衫款式也好，说说怎么忘记一个人的第三百零一种方法也好，或者只是一段电台的配乐。

有型人

一度认为西装是最伟大的发明之一。有时候会觉得，什么时候能够把西装穿出自己的气质了，而不再是无所适从地让西装对比出自己是幼稚的小孩子，将成为一个重大的分界点。放到漫画或电影中，那就是一段让他人突然之间惊觉，这个换上了西装的年轻人，是能够去托付些什么，希冀点什么，能够走在他身后，目睹他的背影也不会不安的新角色了。换个简单粗暴的说法，"那一刻他前所未有地有型啊"。

或许从读音上也能多多少少区分出来，一个舌尖的甩出，欢乐的"帅"字，毫不扭捏，大大方方，再带点花痴中的高音，是最直白的音节。因此使用起来也不用有任何顾忌，慷慨地赞美就好了，用在一场舞台表演之后，用在一首歌开场前抓住麦克风的瞬间，或者一个在办公桌前沉思的定格，发动汽车时握住方向盘的手……"帅"字是无关局面大小的，想用即可以用，口袋里藏着一枚小红花印章，到处印一印，累计下来完成一天的好心情。

而"型"从发音开始就不同。降低许多，压在舌头下面，宛如一个隐藏的秘籍。所以没法儿张嘴即来。因为说出口就变成一种更广泛的肯定。不仅仅是一件外套的选择，也包括一副手套的更换；不仅仅是一个决策的做出，也包括一个决策的取消；不仅仅是一件作品的完成，也包括了上一件作品的失败——得是更大的跨度才行，包容所有一切，他的所思所想，所经历的一切，所喜爱的与所讨厌的构成了现在亦冷亦热的他，亦强亦弱的他，认清自己的他，知道什么适合自己、什么是无缘的他。只有完成了长时间的磨砺后，秘籍才得到盖章认可。人们会在心里发出那个读音，他很不错，很了不起，作为一个男性，他非常有型。

不经历点什么就成就不了——这样的设定从古至今都没有改变它蛊惑人心的效力。着装只是最后一个环节，为他下了封笔般的定义。也可以很随意地穿人字拖和白 T 恤去便利店，又或者头发长了但意识不到要修剪，就这么随意地先扎一下吧，露出耳朵来。在公司上班的人白天绷得太紧，晚上就要高高地卷起衬衫袖子喝两杯。夏天来了有麻质衬衣，冬天想穿一下厚厚的飞行员外套，一个倦意袭来的周末，阳光好到人不想动，在长椅上假寐。

却必须完成最后一个环节才行，才能盖章成为有型两个字。必须得有大量的前期，让上帝去准备，先是有才华的人，善良的人，傲慢的人，头脑冷静的人，尝过各种糟糕滋味、摔过狠狠一跤的人，他对自己终于慢慢地什么都认识了，早上打开衣柜，那里面就是最后一部分的自己。

去回忆一个你所喜爱的男生的样子，下笔从脸开始，他标志性的眼睛和表情，爱笑或似笑非笑。对五官轮廓的复写是一笔一笔的挚爱描摹。然后到了上身，和他最贴切的那身衣服——此刻你才会明白，他对你而言是怎样一个人。他是在平凡日常中熠熠发光的明朗少年，还是洒脱不羁的翩翩公子，是沉默温厚，还是如琢如磨……都从你为他选择的第一件衣装开始。

一人长跑

　　先前一部广受好评的日剧《重版出来》，让许多人都看得既燃又感动，而大概是因为身处同一行业的缘故，所以身边同事们的情绪都更加投入一点。每一集更新时都能看到许多人更新了"继续热泪盈眶"的朋友圈。好几集我也看哭了，并且在全集都结束的时候回头想一想，好像是第一集看得最心有戚戚焉，尤其是在对这个剧集还没有了解的情况下，猝不及防地被重重击倒，眼泪无法遏制。第一集写一位几十年以漫画为生的老一辈漫画家所受到的挫折和困惑，有一段台词，大意是说，这几十年来的漫画连载工作，其实始终是他一个人的无尽的孤独的长跑——好像只是听到这句台词的瞬间，没有预料地我发现自己哭了起来。

　　尽头在很远很远的地方，看不见，近乎西游记在结束时抵达的地方。而不同的是，没有同伴，往往没有同伴，只有一个人上路。当然沿途会受到鼓励，会收到递来的一杯温热的水，或是一个两个击掌，和呼喊着的"加油"声。但依然摆动的只能是自己的双臂，抬起放下的是自己的两腿，喉咙里是只有自己知道的烧灼的血腥味，看着远处的天空在微妙地扭曲，大脑不时的一片空白中间，会想着"还有多久呢""什么时候才能抵达"。

再回顾四周，已经是只有自己一个人。也是只有自己一个人的路，还在脚步下无尽地延伸出去，是烟波浩渺还是枯藤老树，全都模糊不见了。

而世界上的大部分工作或许都类似，总有自己最清楚的甜蜜和痛苦的分界线，而创作类只是会强迫人更加侧重独自解决。写不出来的文字，画不下去的故事，断裂成碎片的曲子，半夜里想要开车把它完全摧毁的水泥墙壁……都是必须一个人去完成的长跑。而过程中的所有喜与悲，归根到底也只对自己而言才显得出重量。别人从来也没有理由也没有必要去了解一段过程，唯有结果才是最好的定论。过程再辛苦，奉献出的作品却依然不尽如人意，那么再怎样鼓吹辛苦也只徒增笑料而已，所以还是得忍耐住，不要说，不要说啊——

可偏偏，还是有那么几个见识到自己软弱的瞬间，知道自己有多么想要停下脚步来，拉住一个谁的袖子，飞快地把眼泪鼻涕擦上去。

"对自己产生了无穷的怀疑""每天都在自我否定中度过""仔细考虑一下支撑自己去完成的动力到底是什么呢""如果说是'读者的期待'，那就会感觉自己太不自量力了""那么如果连'让自己满意'都不可能了的话，还剩什么呢"，摆动的双臂和交替的双腿，一度被麻痹了痛感，可终于报复性的所有的痛感全都来了。

然而不管发生什么，知道自己还是那个随时会放弃的人，一边抱着这个念头，一边继续跑下去，这一刻还在往终点跑着，下一刻不知道，至少每个这一刻还在独自奔跑着。公路也好，山路也好，海边也好，进入了森林也好，热闹的集市过去后就是一望无尽的无人的荒漠，但关于创作这件事，一个人长跑的距离往往无从测量，它就是那么残酷而可怕，逼得人走走停停，自我唾弃，糟糕点没准还就真的生不如死了，可始终没有离开过，没有真正想过要下场，没有想过要举手对上天示意"我退赛啦"。因为这是唯一适合自己的路，唯一能走的路，唯一带来最真切快乐的路。

负负得正

一开始是关注的一个公众号发了一篇文章，不是那种阅读量上万上十万的大号，更像是私人日记类的絮絮叨叨的倾诉，他在里面提到了一个相熟的朋友因为健身而突然猝死的事。

那天我在戏院，由于两场戏中间间隔一个半小时，没什么事可做，在广场上漫无目的地走，刷手机时看完了文章。不知道怎么，因为那位突然故去的人，是个在文章中看起来非常了不起的好人，坚强，又自信，似乎在他所工作的业内还颇具名声，所以我又去搜索了一下有没有别的关于他的文章。果然有，三四篇，都是个人类阅读号写的悼念文，他们接到噩耗，太过突然，无法相信，三天前还在分享文章的人，最新发的一则却是讣告，导致他们起初都以为是他的亲人走了，后来才发现恰恰相反，是他的亲人为他代发，是他走了。回忆他的生活，他对流浪狗的不离不弃，他不被许多人理解的独身主义，但他活得很积极，也非常健康勇敢。

因为有一篇文章提到了他的微博，我顺着搜索了一下，很快也找到了。果然停留在三四天前，下面没有评论，许多人还没来得及点蜡烛，再往前翻，他发布的内容不少，所以起初打算一口气翻完，却因为时间无多，戏快开始了，我只能暂时作罢。

坐在戏院中间，进入高潮部分，男主角为了不再制造混乱，为了国土的安稳，与敌方同归于尽。演员表现得那么出色，眼泪在他的两颊上毫无后悔地横流，他语调高亢激昂，随音乐进一步升华，他此刻的牺牲如果能换来和平，那是毕生中最荣光的一刻，多么值得——忽然我觉得自己似乎也在流泪。

离开的路上，又把之前没有看完的微博一页一页翻下去，看到他帮忙寻找走失的小狗，看他分享健身的菜谱，看他和朋友聊说不能输给社会的残忍，陡然觉得没有办法再继续看下去了。

我常常认为自己是个极端吸收负能量的人，"正能量"三个字总让我唯恐避之不及。我害怕那些假大空的鼓舞，害怕朝气地活着然后重重地跌落，害怕每一次意料之外的牺牲，害怕自己的价值配不上一点评价或指摘。那么尽量低姿态吧，尽量不期待什么，然后进一步发展成，尽量不努力，绝对不呐喊，

不抗争，从不声明心中真正所想，不敢把它在胸腔里拍得乒乒
洪亮。

　　大概就是因为这些原因，所以有时候直接与某些人某些事
面对，确实会有耀眼的感觉。耀眼的光带来的第一种物理刺激
就是让人睁不开眼，继而流泪。看见他们异常直白的表达，看
见他们大声地抒发胸臆，哪怕背景一片殷红象征流尽的鲜血，
看他们向死而生的背影，漂亮而挺拔，看他们说日常的话，说
幽默的笑话，一个个健全而有力的影子，完全不会因为在舞台
或者真实中逝去而折损半点。我就相信世界可以被平衡，不会
被我这样负能量的人所拖累，它依旧会幽蓝地旋转，绕着一团
生生不息的火。

　　有时候梦见积满了灰的地面，摔下去的时候却不似想象中
的沉重和痛，在梦中的原因吧，轻飘飘的，扬起的每一刻，都
从阳光里变了身。我不知道有哪颗也是一个丧失了斗志的灵魂，
但阳光没有区别对待，它继续将每一颗温柔地照亮，像母亲那
样的语气，说没事的。

梦境成真

突然听到的这首歌唱着"比起去年，更多的花，像音乐一般盛开，这个梦真的实现的话，到底有什么会改变呢"。而前一秒自己正在投入地想，此时此刻，这个世界上有多少人正在痛苦地向欲望投降呢，他们放弃了良久的坚持，在一身轻松与如坠深渊的喜悲中向欲望投降。

所以到底还是事关"欲望"的话题啊。可以触得到摸得着的东西也好，而后它们又常常被引申向触不到摸不着的东西，让人忽而就苍茫地伤感起来，开始想一些非常辽阔的大词语，开始怀疑自己是不是再也赢不得一次胜利。因为，第一个蚁穴已然生成，很快它就要延伸出蛛丝般的裂痕吧，当第一股欲望的水柱涌出，离全面决堤还要多久呢？被欲望的浪潮绝望地席卷覆盖。

第一个蚁穴？手边的那只巧克力布丁就是第一个蚁穴。

　　看网络上很多人分享着今天是坚持跑步的第 15 天，今天是戒甜点的第 30 天，今天是做深蹲的第 35 天，今天实在忍不住吃了一小块比萨但明天会忍耐回去的……这样的内容下面常常是鼓励的掌声。"加油""坚持就是胜利"，感觉得到的全是真心。看到和自己类似的个体，他们正在向人类最原始的生存习惯挑战，无论如何都觉得感动胜于其他吧。这个地球上的人种，过去有多少万万年，将吃得饱饱的，躺平睡得香香的，作为最高的目标。因此到现在我们依然会渴望这样的时刻，并且将这个时刻无尽地延长下去，一个小时、半天、三天、一个月……这样不失为一种生活方式，就这样消磨掉意志，慢慢地被毫无杀伤力的放纵感溺毙，也很好啊，也不应当为任何其他人所指摘。只不过在自己躺在放弃一切的浮萍上飘向混沌的天际时，看见从松软的梦境中挣扎摆脱，在河流里逆向游回岸上的人，他们要告别最舒适的沉沦了，要向根植在人性中的基因挑战，要去两岸的黢黑森林中搏命了——那个时刻，至少会为他们送上发自肺腑的掌声。

　　我们大多数人都无法抵抗欲望，毕竟它们是多么可怕的，永远只和最甜美相关，指尖上的奶油，在勺子上盛成小山的巧克力，油炸鸡腿的皮上冒着滚烫的油泡，一个直接冠名为懒人沙发的陷阱，床是不是最强大的吸铁石？真的常常会想，啊，就这样吧，何必呢，那么辛苦，要从床上爬起来，要走过炎热的街道，脚底都走得发烫了，更可怕的是要爬到跑步机上，半个小时后就让人想要放弃了，汗水聚成涓流，浑身爬得痒。这个时候那些诱惑更是成倍放大：气满满的可乐，海盐黑摩卡味的新刨冰，想要瘫平在凉席上，一动不动。

向欲望投降的瞬间真的太轻松，因为我们又回到了以人的本性为准则的行为方式里。我们身体的每个细胞，大脑的每个指令，都渴望着轻松和舒服，所以在这样的标准下行事，真的没有那么深刻的痛苦。唯独是，看身边总有那么一两个例子，总有那样一群人，他们做到了自己做不到的事，他们那么厉害地抵御住了从最小的一勺糖开始的召唤，从那勺糖开始，到"今天要不就算了吧"的得过且过，到"我看这样也行啊"的自我安慰，他们是有可能看到他人看不见的风景的人，越过险阻的森林和高山，那一刻"梦境成真"。

The end

— 平台支持 —

最世文化　最小说　ZUI Factor

新浪微博：@最世文化　@最小说　@最世设计ZUIFactor